PLUTUS
OU LA RICHESSE

COMÉDIE

D'ARISTOPHANE

TRADUITE DU GREC EN VERS FRANÇAIS

PAR

EUGÈNE FALLEX
ANCIEN ÉLÈVE DE L'ÉCOLE NORMALE

PARIS
FURNE ET PERROTIN, LIBRAIRES
BOULEVARD MONTMARTRE, 22

MDCCCXLIX

PLUTUS

OU LA RICHESSE

IMPRIMERIE J. CLAYE ET Ce
RUE SAINT-BENOÎT, 7

PLUTUS

OU LA RICHESSE

COMÉDIE

D'ARISTOPHANE

TRADUITE DU GREC EN VERS FRANÇAIS

PAR

EUGÈNE FALLEX

ANCIEN ÉLÈVE DE L'ÉCOLE NORMALE

PARIS

FURNE ET PERROTIN, LIBRAIRES

BOULEVARD MONTMARTRE, 22

MDCCCXLIX

A mon ami

LÉON LAGRANGE

AVANT-PROPOS

Le *Plutus* d'Aristophane est une réclamation de la pauvreté contre la richesse, de l'honnête homme pauvre contre le malhonnête homme enrichi, en un mot, une protestation contre l'inégale répartition des biens.

Chrémyle, laboureur vertueux, mais pauvre, a rencontré Plutus, dieu de la richesse, qui est aveugle ; il veut lui faire rendre la vue pour qu'il reconnaisse les gens de bien et les enrichisse tous, à commencer par lui-même. Un de ses voisins, pauvre comme lui, se met de la partie. Mais la Pauvreté, sous la figure d'une vieille femme en haillons, survient furieuse, et s'oppose à grands cris à l'exécution de leur projet. Après force invectives de part et d'autre, on convient de s'expliquer et de plaider chacun sa cause. La Pauvreté soutient la sienne par une argumentation serrée et vigoureuse, et finalement prouve que sans elle tous les hommes seraient perdus. Les deux amis, armés de leur bon sens, et inspirés par le sentiment de l'injustice qui les laisse dans la misère malgré leur probité, font de leur mieux pour la réfuter ; mais leur chaleur est bientôt à bout de raisons, et, pour mettre fin à un débat qui tourne contre eux, ils chassent leur adversaire.

Telle est la première partie de la pièce : victorieuse par les raisonnements, la Pauvreté est vaincue par la force, on la chasse malgré ses justes réclamations : si enrichir tous les hommes serait les perdre sans retour, enrichir les gens de bien, dépouiller à leur profit les scélérats enrichis, serait un acte de raison et de justice ; et le poëte veut accorder à sa muse, veut donner aux hommes ce beau et légitime spectacle de la fortune habitant avec la vertu, de la misère s'attachant à l'homme vicieux, et c'est celui que nous montre la seconde partie de la pièce. Nous voyons arriver tour à tour un homme de bien venant rendre grâce à Plutus, qui lui a rendu une fortune perdue ; un délateur furieux contre Plutus qui l'a ruiné ; une vieille désolée et se plaignant de Plutus qui enrichit son amant volage ; Mercure enfin courroucé contre ceux qui, en rendant la vue à Plutus, lui ont donné la faculté de distribuer sagement les richesses, et par suite ont ruiné les dieux, auxquels on n'adresse plus ni vœux ni offrandes depuis qu'ils ne sont plus les dispensateurs des biens.

Telle est la disposition de la pièce : reste le style, c'est-à-dire la forme : elle est satirique comme toutes les comédies grecques, comme toutes celles sorties de la verve d'Aristophane. Le mot *satirique* doit être pris ici dans son acception primitive ; il ne désigne pas seulement la raillerie, l'épigramme badine ou sanglante, la médisance envenimée, il désigne aussi tous les propos et même les gestes hardis et cyniques de cette espèce d'hommes-boucs appelés *satyres*. Le satyre était né de l'imagination grecque, il dut passer dans la comédie grecque née de lui. C'est ainsi qu'au milieu des plus nobles accents du bon sens et de la philosophie, on trouvera les bouffonneries, les grossièretés les plus étranges, l'impudeur à découvert, enfin le blasphème, ô inconséquence de l'esprit humain ! le blasphème applaudi dans un temps où l'on immolait Socrate à la piété.

C'est le goût de la Grèce : ne nous hâtons pas de condamner tout un peuple de philosophes et de critiques ; demandons-nous plutôt si la nature humaine n'est pas ainsi mêlée de sublime et de grotesque, de délicatesses et de grossièretés, de saintes pudeurs et d'impudicités inouïes, et s'il n'est pas de l'essence du bon sens humain d'en parler et d'en rire sans vergogne. Mais surtout, nous autres Français, n'allons pas nous récrier au nom de cette délicatesse ou plutôt de cette pruderie qu'on nous a fait l'injure d'appeler *française;* songeons, avant de nous prononcer contre ce genre d'esprit, que notre vieux français, la vieille gaieté franche par excellence, s'en est nourrie longtemps; en un mot, songeons aux premiers génies dont la France s'honore, et n'allons pas, en faisant le procès à Aristophane, renier Marot et Regnier, Rabelais et Montaigne, et jusqu'à Voltaire, leur digne émule en bon sens et en raillerie.

L'idée morale et philosophique de la pièce, la profondeur des observations, la justesse des traits, le comique des scènes, le fameux plaidoyer de la Pauvreté, le récit bouffon de la visite au temple d'Esculape, la scène si naturelle où le voisin de Chrémyle, en paysan rusé, feint de croire que son ami a volé sa richesse pour être mis dans le secret et dans les bénéfices; les réclamations de la vieille qui court après son amant; les désertions de Mercure et du grand prêtre, las du ciel et du temple depuis qu'il n'y vient plus d'offrandes; les bons mots, les bouffonneries, la verve intarissable de toute la pièce;

enfin la simplicité et la clarté grecques qui brillent dans cette œuvre, l'ont recommandée de tout temps à l'étude et à l'admiration des amis de la littérature grecque.

J'ai essayé de les faire passer dans la littérature française; la comédie d'Aristophane est de tous les temps comme les vices qu'elle attaque; la question sociale qu'elle agite est du nôtre plus que jamais; épigrammes, railleries, satires, raisonnements, tout est juste encore aujourd'hui, tout a encore sa portée pour nous, tout ici est encore plein pour nous de rires et d'instructions. J'ai essayé de les reproduire dans ma traduction : puissé-je n'avoir pas trop démérité d'Aristophane en traduisant sa langue, et de Molière en osant écrire dans la sienne.

Montpellier, 1848.

Personnages.

CHRÉMYLE, laboureur.
BLEPSIDÈME, son voisin.
CARION, son esclave.
LA FEMME DE CHRÉMYLE.
PLUTUS, dieu de la richesse.
LA PAUVRETÉ.
UN HOMME DE BIEN.
UN SYCOPHANTE ou DÉLATEUR.
UNE VIEILLE.
UN JEUNE HOMME.
MERCURE.
LE GRAND-PRÊTRE DE JUPITER.
LE CHOEUR DES PAYSANS.

La scène se passe dans la campagne d'Athènes.

REPRÉSENTÉ POUR LA PREMIÈRE FOIS, A ATHÈNES,
l'an 409 av. J.-C.;

REPRIS APRÈS CORRECTIONS,
l'an 390 av. J.-C.

PLUTUS

OU

LA RICHESSE.

SCÈNE PREMIÈRE.

PLUTUS, vieillard aveugle; CHRÉMYLE, CARION.

(Plutus va devant; Chrémyle le suit; Carion suit Chrémyle : Carion a le front couronné et tient dans ses bras un plat chargé de viandes.)

CARION, s'arrêtant.

Par tous les dieux du ciel! quelle rude existence
Que de servir des gens qui tombent en démence!
Le pauvre esclave a beau conserver son bon sens,
Si pour les ramener ses cris sont impuissants,
Esclave, il faut qu'il ait sa part infortunée
Des malheurs que produit leur folie obstinée;
Le destin ne veut pas qu'on soit maître de soi,
Et de tout acheteur il faut subir la loi!
Mais bast! geindre et pleurer n'arrangent pas la chose,
Aussi bien, aujourd'hui Phébus est seul en cause :
Oui, j'en veux à ce dieu qui, du trépied doré,
Proclame l'avenir en langage sacré,

Et que l'on dit prophète et médecin habile,
D'avoir troublé la tête à mon maître Chrémyle.
Le pauvre homme allait bien quand il vint vers ce Dieu;
Et voilà que, depuis sa visite au saint lieu,
Il est chagrin, fantasque, et tellement stupide,
Qu'il vous suit un aveugle et le prend pour son guide,
Comme si justement, les gens qui ne voient pas,
De nous, gens qui voyons, ne suivaient point les pas!
Mais lui, de cet aveugle il s'est fait satellite,
Veut que j'en fasse autant, et m'entraîne à sa suite.
En vain je l'interroge et lui parle raison,
Je n'en puis arracher une syllabe, un son.
Eh bien, moi, maintenant je ne veux plus me taire,
Je veux connaître enfin le mot de ce mystère,
Savoir qui nous suivons. — Parle, maître, ou vraiment
Je ne te laisse pas la paix un seul moment;
D'abord tu ne peux pas toucher à ma personne,
J'ai la couronne au front.

CHRÉMYLE.

J'abattrai ta couronne,
Pour te mieux corriger, si je t'entends toujours.
Recommence, pour voir.

CARION.

Chansons que tes discours!
Je n'en démordrai pas, je veux enfin connaître
Quel homme peut ainsi nous remorquer, mon maître.
Va, si j'insiste autant, c'est par amour pour toi.

CHRÉMYLE.

Eh bien, sois satisfait; tu sauras tout de moi.
Car de mes serviteurs, c'est toi dont l'industrie
Garde et retient le mieux ce que l'on te confie.

Tu sais que jusqu'ici bon, honnête et pieux,
Je fus pauvre pourtant, et vécus malheureux.

CARION.

C'est vrai.

CHRÉMYLE.

Tu sais aussi que l'or et la richesse
Fut de tout temps le prix de la scélératesse,
Et que voleurs de temple, ou faiseurs de discours,
Méchants ou délateurs, s'enrichirent toujours.

CARION.

C'est mon avis.

CHRÉMYLE.

Eh bien, las de cette indigence
Où mes jours un à un passaient sans espérance,
Je vins trouver Phébus. Je voulais en savoir
S'il fallait que, toujours fidèle à son devoir,
Mon fils, mon seul enfant, se réglât sur moi-même,
Ou que, bien au contraire, il changeât de système,
Et se fît scélérat, voleur, ou pis encor,
Pour voir dans sa maison arriver des flots d'or.

CARION.

Et qu'annonça Phébus du sein de ses guirlandes?

CHRÉMYLE.

La réponse du dieu, puisque tu la demandes,
Fut qu'il me fallait suivre, en sortant des saints lieux,
Le premier des passants qui frapperait mes yeux,
Et l'emmener chez moi par raison ou prière.
Le sens était précis, la réponse était claire.

CARION.

Et voilà ce passant?

CHRÉMYLE.

Tu l'as dit : le voilà.

CARION.

C'est manque de bon sens, mon maître, que cela.
Apollon à ton fils déclare sans ambages
Qu'il doit de ce pays adopter les usages.

CHRÉMYLE.

Qui te le fait penser?

CARION.

Un aveugle verra
Que, par le temps qui court, ce qui rapportera,
C'est l'impudeur, le vol, le crime ou pis encore.

CHRÉMYLE.

Non, l'oracle sacré, l'oracle qu'on adore,
Ne peut ainsi parler, il doit viser plus haut.
Interrogeons cet homme, et sachons-en plutôt
Quel sujet l'amenait dans l'enceinte divine :
L'oracle va par lui s'expliquer, j'imagine.

CARION, à Plutus.

Allons, dépêche-toi, l'aveugle, et conte-nous
Tes noms et qualités; sans quoi, gare les coups.

L'AVEUGLE.

Laisse-moi, misérable, et va te faire pendre.

CARION, à Chrémyle.

Quel nom dit-il, mon maître? as-tu pu le comprendre?

CHRÉMYLE.

C'est à toi qu'il s'adresse, et nullement à moi.
Le fait est qu'on n'est pas plus maladroit que toi;
Tu viens l'interroger l'insolence à la bouche.
(à Plutus.)
Brave homme, réponds-moi, si la vertu te touche,
Parle, quel est ton nom? d'où vient...

PLUTUS.

Autre fâcheux!
Va-t'en te faire pendre à ton tour!

CARION.

Et de deux!
Parlez-moi d'Apollon, de l'homme et de l'oracle!

CHRÉMYLE.

L'homme va s'expliquer, ce n'est pas là l'obstacle.
Il va voir.

CARION, à Plutus.

Allons, parle, ou je t'assomme net.

PLUTUS.

Mes amis, laissez-moi.

CHRÉMYLE.

Nullement, s'il te plaît.

CARION.

Mon maître, sais-tu bien ce qu'il faut que je fasse?
Il faut de ce rustaud que je te débarrasse.
Je vais te le mener au bord de quelque trou,
Et l'y laisser, afin qu'il s'y casse le cou.

CHRÉMYLE.

Va vite, il en est temps.

PLUTUS.

Laissez-moi.

CHRÉMYLE.

Parle vite,
Ou, vois-tu, je te fais emporter tout de suite.

PLUTUS.

Je sais, dès qu'une fois j'aurai dit qui je suis,
Je sais que cet aveu me vaudra mille ennuis.
Vous voudrez me garder?

CHRÉMYLE.

Nous, mon cher? erreur pure!
Tu pourras à l'instant partir, je te le jure.

PLUTUS.

Lâchez-moi donc déjà.

CHRÉMYLE.

C'est fait. Es-tu content?

PLUTUS.

Eh bien, donc, apprenez ce secret important.
Je m'étais bien promis de ne pas vous le dire,
Mais je vois qu'à la fin il faut vous en instruire.
C'est moi qui suis Plutus.

CHRÉMYLE.

O menteur effronté,
N'aurais-tu pas parlé, si tu l'avais été?

CARION.

Toi Plutus? Allons donc! pas dans cette débine!

CHRÉMYLE.

Par Phébus Apollon, dieux et bonté divine,
Jupiter! quoi, Plutus? tu prétends que c'est toi?

PLUTUS.

Sûrement.

CHRÉMYLE.

Plutus, lui?

PLUTUS.

Très-lui.

CHRÉMYLE.

Mais là, dis-moi,
D'où donc peux-tu sortir si sale?

PLUTUS.

J'abandonne

Le toit de Patroclès, l'avarice en personne.
Vous connaissez les goûts de ce ladre achevé;
Depuis qu'il est au monde, il ne s'est pas lavé.

CHRÉMYLE.

Mais ta vue, à présent, qui donc te l'a ravie?

PLUTUS.

Jupiter, qui hait l'homme et qui lui porte envie.
Je l'avais menacé de ne porter mes pas
Que chez ceux qui du bien ne s'écarteraient pas.
J'étais tout jeune alors; et lui, plein de colère,
Pour me les dérober, me ravit la lumière.
Faut-il qu'il soit jaloux des hommes vertueux!

CHRÉMYLE.

Et cependant, s'il est honoré, c'est par eux.

PLUTUS.

Rien n'est plus vrai pourtant.

CHRÉMYLE.

Mais, dis-moi, si ta vue,
Bien et dûment guérie, allait t'être rendue,
Fuirais-tu bien toujours les hommes sans vertu?

PLUTUS.

Oui-da, je les fuirais.

CHRÉMYLE.

Et de même, irais-tu
Chez les honnêtes gens?

PLUTUS.

J'irais, sans aucun doute;
Car je n'en ai pas vu de longtemps sur ma route.

CHRÉMYLE.

Ce n'est pas étonnant; car moi-même, mon cher,
Je n'en vis pas non plus, quoique je visse clair!

PLUTUS.

Mais, allons, ces aveux ont de quoi vous suffire;
Lâchez-moi maintenant.

CHRÉMYLE.

Te lâcher? Tu veux rire.
Mais nous tenons à toi beaucoup plus que jamais.

PLUTUS.

Vous voulez me garder? Ah! je le présumais!

CHRÉMYLE.

Je me jette à tes pieds, écoute ma prière.
Ne m'abandonne pas à ma triste misère;
Reste, reste chez moi, car je puis te jurer
Qu'un plus homme de bien ne se peut rencontrer;
Non, la vertu n'a pas de gardien plus fidèle.

PLUTUS.

Tous m'en disent autant, et tous se moquent d'elle.
Aussitôt que l'argent arrive dans leurs mains,
Ces hommes si parfaits deviennent des coquins.

CHRÉMYLE.

Tu penses donc que tous le sont ou doivent l'être?

PLUTUS.

Tous, et le reste avec.

CARION.

Tu me le paîras, traître!

CHRÉMYLE.

Apprends, apprends enfin ce qu'on fera pour toi,
Si tu veux, dieu clément, mettre le pied chez moi.
D'abord, pour commencer, nous sommes en mesure,
J'en atteste des dieux le favorable augure,
De te guérir les yeux, oh! mais là, tout à fait:
Nous te rendrons le jour.

PLUTUS.

Halte-là, s'il te plaît.

Je ne veux plus le voir.

CHRÉMYLE.

Quoi, vraiment?

CARION.

Ma parole,

Jamais tête ne fut plus malade et plus folle.

PLUTUS.

Croyez-moi, ce seraient remèdes superflus;
Jupin, en l'apprenant, ne se contiendrait plus;
Il me broîrait, c'est sûr.

CHRÉMYLE.

Et fait-il autre chose

En te faisant partout chopper, paupière close?

PLUTUS.

Je ne sais, mais enfin Jupin est ma terreur.

CHRÉMYLE.

O poltron sans pareil! Jupin qui te fait peur,
Jupin qui te punit, Jupin et sa couronne,
Jupin et son courroux, et sa foudre qui tonne,
Si tu venais à voir, je dis un seul instant,
Vaudrait-il une obole?

PLUTUS.

Assez, n'en dis point tant,

Malheureux!

CHRÉMYLE.

Calme-toi : ce Jupin redoutable,

Je soutiens que Jupin ne t'est pas comparable.

PLUTUS.

Toi?

CHRÉMYLE.

Moi-même. Et, ma foi, je le démontre au mieux.
Réponds-moi, si Jupin est le maître des dieux,
Par quoi l'est-il?

CARION.

Par l'or. Il n'est dieu, ni personne
Qui possède plus d'or.

CHRÉMYLE.

Bon. Et qui le lui donne?

CARION.

Plutus ici présent.

CHRÉMYLE.

C'est lui, précisément.
Entamons maintenant un second argument.
Pour qui sont ces autels qui fument à toute heure?
Pour Jupiter, ou bien pour Plutus?

CARION.

Que je meure
Si c'est pour Jupiter! On prie, et sans détour,
On demande en priant la richesse en retour;
Or, Plutus est le dieu qui donne la richesse,
Donc c'est bien à Plutus qu'en priant on s'adresse.

CHRÉMYLE.

Ainsi, tous ces honneurs, c'est à lui qu'on les rend :
Et s'il voulait un jour que ce culte si grand
Cessât, il cesserait en moins d'une seconde.

PLUTUS.

Et comment?

CHRÉMYLE.

Les autels verront-ils à la ronde
Les victimes tomber, les galettes pleuvoir,

Et verront-ils un chat du matin jusqu'au soir,
S'il te plaît d'empêcher que pas un chat n'y vienne?

PLUTUS.

Mais comment?

CHRÉMYLE.

Il n'est pas de *mais comment* qui tienne,
Toi seul donnes l'argent : ôte-le, c'en est fait;
Plus d'argent, plus de dons. Jupin, peu satisfait,
Se fâche, et sur-le-champ tu brises sa puissance.

PLUTUS.

Vraiment, je n'entends rien à tant d'extravagance.
Quoi! tu veux me prouver que je suis seul l'objet
Des sacrifices saints qu'en tous lieux on lui fait!

CHRÉMYLE.

Je l'ai dit, le redis et veux toujours le dire,
Oui, tu peux à toi seul renverser son empire.
Voyons, par Jupiter, aurait-on des vertus,
Des talents, des attraits, des plaisirs, sans Plutus?
Tout cède à l'or; pour l'or chacun sue et travaille.

CARION.

Tiens, moi, tout le premier, si j'avais sou qui vaille,
J'aurais la liberté; je suis pauvre, je sers.

CHRÉMYLE.

A Corinthe (et par là juge tout l'univers),
La courtisane au pauvre est sévère, intraitable :
Il n'a pas un regard, ce n'est qu'un misérable;
Mais si le riche arrive, oh! lui, dès qu'il paraît,
Trouve des bras ouverts et de l'amour tout prêt. [1]

CARION.

Chez les jeunes garçons, même intérêt sordide :

1. Voir les notes à la fin.

Et ce n'est pas l'amour, c'est l'argent qui les guide.

CHRÉMYLE.

Les infâmes, s'entend. J'en sais qui valent mieux.
Il en est dont le cœur est noble et généreux;
Ils refusent l'argent.

CARION.

Que veulent-ils en place?

CHRÉMYLE.

L'un veut un bon cheval, l'autre des chiens de chasse.

CARION.

Connu! ces gaillards-là mettent plus de façon!
Ils conservent la chose et déguisent le nom.

CHRÉMYLE.

Enfin nous te devons les arts et l'industrie.
L'un coupe et bat le cuir sur sa chaise pourrie,
Un autre est forgeron, un autre charpentier.

CARION.

Un autre est batteur d'or, et te doit son métier.

CHRÉMYLE.

L'un est foulon.

CARION.

Et l'autre apprête les fourrures.

CHRÉMYLE.

L'un détrousse les gens.

CARION.

L'autre rompt les serrures.

CHRÉMYLE.

L'un est tanneur de cuir.

CARION.

L'autre vendeur d'oignons.

CHRÉMYLE.

Surpris en adultère, un pauvre homme sans fonds
Est épilé de force : il narguait le supplice ;
S'il eût eu dans ce cas de l'or à son service !

PLUTUS.

Voilà ce que je fais ! malheureux que je suis !
Jamais, je n'ai jamais connu ce que je puis.

CARION.

Et qui donne au grand roi cette morgue hautaine ?

CHRÉMYLE.

Et qui fait assembler les citoyens d'Athène ?

CARION.

Et qui fait équiper les vaisseaux de l'État ?

CHRÉMYLE.

Et qui fait dans Corinthe engraisser le soldat ?

CARION.

Et qui fera punir Pamphile par la ville ?

CHRÉMYLE.

Et Bélonopolès avec ce cher Pamphile ?

CARION.

Et qui fait qu'Agyrrhis est un si gros péteur ?

CHRÉMYLE.

Et qui fait que Philepse est un si grand conteur ?

CARION.

Et que les traités vont si bien avec l'Égypte ?

CHRÉMYLE.

Et que Laïs adore un affreux Philonipte ?

CARION.

Et qu'enfin Timothée a bâti ce château ?...

CHRÉMYLE, à Carion.

Puisse-t-il t'écraser la langue et le cerveau.

(à Plutus.)

Enfin tout va par toi. C'est toi qui sur la terre
Répands et biens et maux, et richesse et misère.
Sois-en bien convaincu.

CARION.

Pour moi j'ajoute encor
Que pour vaincre à la guerre il ne faut que de l'or.

PLUTUS.

Quoi! vraiment, à moi seul j'ai puissance pareille!

CHRÉMYLE.

Par Jupiter, apprends la dernière merveille.
Jamais, ils n'ont jamais assez de ton argent,
Ces hommes qui de tout sont souls si promptement.
Ils le sont de l'amour.

CARION.

Du pain.

CHRÉMYLE.

De la musique.

CARION.

Ils le sont des gâteaux.

CHRÉMYLE.

De la chose publique.

CARION.

Des tourtes.

CHRÉMYLE.

Des vertus.

CARION.

Des figues, qui plus est.

CHRÉMYLE.

Des dignités.

CARION.

Du riz.

CHRÉMYLE.

Des grades.

CARION.

Du navet.

CHRÉMYLE.

Tandis qu'à tes faveurs, argument sans réponse,
Jamais, au grand jamais, sage ou fou ne renonce.
Un homme a-t-il gagné deux ou trois cents écus,
Qu'il en veut mille au moins; les mille survenus,
D'un second mille il faut que l'autre se grossisse,
Il le faut, ou sinon sa vie est un supplice.

PLUTUS.

Je vois que vous parlez à merveille, et pourtant
Il me reste une peur.

CHRÉMYLE.

Laquelle maintenant?

PLUTUS.

Je crains bien de n'avoir jamais cette puissance
Que vous m'attribuez avec tant d'insistance.

CHRÉMYLE.

Ma foi, par Jupiter, le proverbe a raison :
Le plus riche est toujours le plus fameux poltron.

PLUTUS.

Proverbe de voleurs! Oui, les gens qui le disent,
Ce sont ceux qui chez nous vainement s'introduisent,
Qui trouvent tout sous clef, et, partant furieux,
Nous traitent de poltrons quand nous sommes soigneux.

CHRÉMYLE.

Allons, ne crains plus rien, je vais me mettre à l'œuvre:
Veuille le moins du monde aider à la manœuvre,
Et je dis que les lynx verront bien moins que toi.

PLUTUS.

Comment, vous l'espérez?

CHRÉMYLE.

Oui, oui, compte sur moi.
Je sais ce que m'a dit de sa voix véridique
Apollon agitant sa couronne pythique.

PLUTUS.

Apollon? il en est?

CHRÉMYLE.

Il en est bel et bien.

PLUTUS.

Craignez....

CHRÉMYLE.

Encore un coup, par le ciel, ne crains rien.
Je te rendrai le jour, j'en jure sur ma tête,
Avant une heure ou deux ce sera chose faite.

CARION.

Moi, je m'en charge aussi.

CHRÉMYLE.

Compte aussi, compte enfin
Tous les gens vertueux et qui meurent de faim.
Voilà des alliés aussi sûrs qu'innombrables !

PLUTUS.

Beaux alliés, vraiment, que ces gens misérables!

CHRÉMYLE.

Laisse-les s'enrichir, et tu verras après.
Mais allons, Carion, va-t'en vite ici près...

CARION.

Quoi faire?

CHRÉMYLE.

Ramasser, dans tout le voisinage,
Nos braves compagnons qui sont au labourage.
Dis-leur de laisser là la besogne à l'instant,
Et de venir trouver Plutus qui les attend.

CARION.

J'y cours, maître, j'y cours ; mais avant, je demande
Qu'on vienne me chercher ce plat chargé de viande.

CHRÉMYLE.

Donne, et va-t'en bien vite. (Carion sort.)

SCÈNE II.

CHRÉMYLE, PLUTUS.

CHRÉMYLE.

Et toi, de tous les dieux
Le plus puissant qui soit jamais venu des cieux,
Viens, pénètre avec moi dans ce malheureux gîte.
C'est le mien, dieu clément, c'est celui que j'habite,
C'est celui qu'il te faut à présent embellir,
Et par tous les moyens, bons ou non, enrichir.

PLUTUS.

Quel supplice, grands dieux, qu'il me faille sans cesse
Sous des toits inconnus apporter la richesse !
J'en suis toujours victime. Une fois, c'est un gueux
Qui me cache bien vite en un coin ténébreux ;
Et s'il vient par hasard un pauvre, un honnête homme,
Demander en pur prêt la plus modique somme,
Il jure qu'il n'a rien, qu'il ne m'a jamais vu.
Une autre fois, je viens chez quelque homme perdu,
Qui court femmes et jeu, dépense et fait ripaille,
Jusqu'à ce qu'il m'ait mis dehors sans sou ni maille.

CHRÉMYLE.

C'est que tu t'installais chez des gens sans raison.
Moi, je sais comme il faut régler une maison.

Je prétends qu'avant tout on soit sage, économe,
Mais qu'au besoin aussi l'on fasse en galant homme.
Mais entrons sans tarder, viens, viens voir maintenant
Mon épouse et mon fils, mon seul et cher enfant,
L'être sans contredit qu'aime le plus son père,
Après toi.

PLUTUS.

Je le crois.

CHRÉMYLE.

Qui ne serait sincère
En parlant à Plutus? (Ils sortent.)

SCÈNE III.

CARION, LE CHOEUR DES CAMPAGNARDS.

CARION, bruyamment.

Compagnons de travail,
Qui depuis si longtemps avec nous mangez l'ail,
Ohé, voisins, amis, gens rudes à la peine,
Approchez, arrivez, courez à perdre haleine,
Il faut se dépêcher et s'y mettre bientôt;
Il faut battre le fer, amis, tant qu'il est chaud.

LE CHŒUR.

Ne vois-tu pas qu'on vient? pourquoi tant de tapage?
Crois-tu donc que l'on peut tant courir à notre âge?
Ou veux-tu par hasard que nous courions ainsi,
Sans savoir le sujet qui nous appelle ici?

CARION.

Je te l'ai dit cent fois, tu ne veux pas m'entendre!

Mon maître, encore un coup, m'a dit de vous apprendre
Que vos jours malheureux se changent en beaux jours.

LE CHŒUR.

Et comment?

CARION.

Tes *comment* reviendront-ils toujours?
Il vient de s'emparer d'un vieillard misérable,
Crotté, voûté, ridé, chauve, édenté, minable,
Eunuque même, eunuque, il n'en faut pas douter.

LE CHŒUR.

Et voilà le trésor que tu viens m'apporter?
Répète un peu : c'est là ce grenier à richesse?

CARION.

N'est-ce pas le grenier des maux de la vieillesse?

LE CHŒUR.

Penses-tu te moquer impunément de moi?
Attends, va, ce bâton va régler avec toi.

CARION.

Tu te fâches déjà! Crois-tu que je veux rire,
Et que je mens toujours, quoi que je puisse dire?

LE CHŒUR.

Fais donc l'homme de sens, roué dont les mollets
Appellent les écrous, et l'échine les fouets.

CARION.

Et toi, tu peux partir, ton urne est préparée.
Caron te tend ailleurs ton numéro d'entrée.

LE CHŒUR.

Trève d'esprit, esclave et stupide bouffon;
J'espère qu'à la fin tu parleras raison.
Depuis une heure au moins nous devrions connaître
Pour quel motif ici nous appelle ton maître;

L'ouvrage dort là-bas, et, pour gagner du temps,
Nous n'avons même pas cueilli d'ail dans les champs.

CARION.

Soit. Arrivons au but. Apprenez qu'à cette heure,
Mon maître a recueilli Plutus dans sa demeure.
Il veut vous enrichir.

LE CHŒUR.

Lui? nous?

CARION.

N'en doutez pas :
Tous, aux oreilles près, vous serez des Midas.

LE CHŒUR.

O biens inattendus que le ciel nous envoie!
O plaisir! ô bonheur! dansons, sautons de joie.

CARION chante et gesticule tout ensemble.

Threttanélo, j'imiterai
Le cyclope, et vous mènerai
A coups de pied, ne vous déplaise.
Criez, bêlez tout à votre aise.
Troupeau de boucs et de béliers,
Troupeau nourri dans les bourbiers.
Qu'on se caresse,
Que l'on s'empresse
De se couvrir,
De se saillir.
Allons, allons, pas de vergogne,
Et qu'on se mette à la besogne.

LE CHŒUR, sur le même ton.

Threttanélo, nous chercherons
Le Cyclope, et nous bêlerons;
Et s'il se trouve en ces parages,

Avec son sac, ses fruits sauvages,
Cuvant la viande et le vin
Dont son énorme ventre est plein,
Monstre difforme,
Pour peu qu'il dorme,
Malade ou soûl,
Dans quelque trou,
Brûlant une poutre pointue,
Nous irons lui crever la vue.[1]

. . . .
. . . .
. . . .
. . . .

CARION.

Allons, trêve de chants et de propos joyeux;
Changez de ton, amis, et soyez sérieux.
Moi je vais au logis, en homme de courage,
Me restaurer sans bruit pour reprendre l'ouvrage.
(Il rentre.)

SCÈNE IV.

CHRÉMYLE, Le Choeur.

CHRÉMYLE.

Bonjour, concitoyens, ou plutôt, car vraiment
Un bonjour est bien sec et bien vieux maintenant,
Merci, mes bons amis, de votre exactitude;
Merci de tant d'ardeur, de tant de promptitude;

1. Voir les notes à la fin.

Vous arrivez à point, et zélés serviteurs,
De Plutus avec moi vous serez les sauveurs.

LE CHŒUR.

Tu peux compter sur nous, voisin, j'ai du courage.
J'ai bon pied et bon œil, et ne crains pas l'ouvrage.
Quand pour un triobole on nous fait tous courir
A l'assemblée, et là nous fouler à plaisir,
Laisserons-nous partir le dieu de la richesse ?

CHRÉMYLE.

Mais je vois Blepsidème : oh ! oh ! comme il se presse.
Par les dieux, de l'affaire il doit avoir eu vent :
Le voilà qui me vient tout rouge et tout courant.

SCÈNE V.

BLEPSIDÈME, Les Mêmes.

BLEPSIDÈME.

Que se passe-t-il donc? quelle est cette nouvelle?
Comment, Chrémyle est riche ! on nous la donne belle.
C'est qu'encore ce bruit se répand bel et bien :
D'un bout d'Athène à l'autre il n'est d'autre entretien.
J'ai vu tous les barbiers à la place publique,
Et le fait est conté dans la moindre boutique :
Chrémyle est devenu riche en moins d'un clin d'œil.
Mais le plus étonnant, vraiment, c'est son accueil :
Appeler ses amis quand on tient la fortune,
N'est pas la chose ici qui soit la plus commune.

CHRÉMYLE.

Par les dieux ! Blepsidème, apprends la chose, apprends

Que nous avons passé tout notre mauvais temps :
J'ai de l'argent pour deux !

BLEPSIDÈME.

Quoi ! ce n'est pas un conte ?
La fortune te vient si facile et si prompte ?

CHRÉMYLE.

Oui, mon cher, que les dieux veuillent nous protéger,
Et nous voilà sauvés, il n'est plus de danger !

BLEPSIDÈME.

De danger ?

CHRÉMYLE.

Eh bien ! quoi ?

BLEPSIDÈME.

Sois franc, je le répète.

CHRÉMYLE.

Je le suis. Si tout marche, ami, c'est chose faite,
Sinon, tout est manqué, nous sommes déconfits.

BLEPSIDÈME.

Voilà, sur mon honneur, de bien louches profits,
Et bien peu de mon goût. Cette aubaine subite,
Cet argent, ces trésors, la crainte qui t'agite,
Compère, tout cela ne sent pas la vertu.

CHRÉMYLE.

Et comment, s'il te plaît ?

BLEPSIDÈME.

Eh ! mais, en doutes-tu ?
N'as-tu rien dérobé dans la demeure sainte ?
Et n'est-ce pas de là que vient toute ta crainte ?

CHRÉMYLE.

Qu'Apollon m'en préserve ! il n'en est rien, mon cher.

BLEPSIDÈME.

Cesse de plaisanter, Chrémyle, je vois clair.

CHRÉMYLE.

Ne me soupçonne pas d'une action semblable.

BLEPSIDÈME.

Grands dieux ! pour s'enrichir comme on devient coupable !
L'or corrompt tous les cœurs.

CHRÉMYLE.

Allons, tu perds le sens;
Rien n'est si déplacé que le ton que tu prends.

BLEPSIDÈME.

Qui l'eût cru que jamais il tournât de la sorte !

CHRÉMYLE.

Par Jupiter ! dis-moi quelle rage t'emporte ?

BLEPSIDÈME.

Voyez, voyez ses yeux et ses bras s'agiter :
Va, le crime est commis, je n'en puis plus douter.

CHRÉMYLE.

Voisin, je vois où tend un si long bavardage :
Tu crois à quelque vol, et tu veux le partage....

BLEPSIDÈME.

Le partage ? de quoi ?

CHRÉMYLE.

Mais tu t'es abusé ;
Je n'ai rien dérobé, comme tu l'as pensé.

BLEPSIDÈME.

Alors, il faut alors que par la violence.....

CHRÉMYLE.

Veux-tu donc m'accuser quand même, à toute outrance?

BLEPSIDÈME.

Tu n'aurais pas volé ?

CHRÉMYLE.

Non, voisin, pas du tout.

BLEPSIDÈME.

Par Hercule et le ciel, me voilà mis à bout!
S'il persiste à nier, comment faut-il m'y prendre?

CHRÉMYLE.

Eh! tu veux m'accuser avant que de m'entendre!

BLEPSIDÈME.

Tiens, je veux t'en tirer, voisin, à peu de frais.
Avant qu'Athène entière apprenne tes méfaits,
Je cours des orateurs clouer toutes les langues,
Et, l'argent à la main, arrêter les harangues.

CHRÉMYLE.

Par tous les dieux! tu vas, en voisin obligeant,
Leur compter dix écus, pour m'en réclamer cent!

BLEPSIDÈME.

Allons, je vois d'ici quelqu'un à longue mine,
Qui vers le tribunal tristement s'achemine,
Et traînant avec lui sa femme et ses enfants,
Va servir de pendant aux piteux Suppliants.

CHRÉMYLE.

O parleur enragé! sache que tous les hommes
Bons, sensés, vertueux, et tous, tant que nous sommes,
Grâce à moi, nous allons bientôt nous enrichir.

BLEPSIDÈME.

Ton vol y suffira, cher voisin, sans mentir.

CHRÉMYLE.

Toujours parler de vol! ton discours m'assassine.

BLEPSIDÈME.

Tu t'es assassiné le premier, j'imagine.

CHRÉMYLE.

Allons, veux-tu m'entendre? En deux mots comme en cent,
J'ai Plutus, insensé.

BLEPSIDÈME.

Toi? Plutus, à présent?
Plutus?

CHRÉMYLE.

Le dieu Plutus.

BLEPSIDÈME.

Tu l'as?

CHRÉMYLE.

Dans ma demeure.

BLEPSIDÈME.

Où dis-tu?

CHRÉMYLE.

Mais, chez moi.

BLEPSIDÈME.

Quoi! chez toi?

CHRÉMYLE.

Que je meure
Si je te mens!

BLEPSIDÈME.

Le traître! il dit qu'il a Plutus!

CHRÉMYLE.

Mais, par tous les dieux! oui.

BLEPSIDÈME.

Mensonges superflus!

CHRÉMYLE.

Par qui te le jurer?

BLEPSIDÈME.

Par Vesta, la déesse
Du foyer!

CHRÉMYLE.

Et joins-y Neptune.

BLEPSIDÈME.

Lequel est-ce?
Le Neptune des mers?

CHRÉMYLE.

Celui-là si tu veux;
S'il en est encore un, je jure par les deux.

BLEPSIDÈME.

Dis, n'as-tu pas parlé de l'envoyer bien vite
Chez nous, tes bons amis, nous faire une visite?

CHRÉMYLE.

Minute, mon ami, nous n'en sommes pas là.

BLEPSIDÈME.

Tu voulais partager.

CHRÉMYLE.

Il faut avant cela.....

BLEPSIDÈME.

Et quoi?

CHRÉMYLE.

Rendre la vue.....

BLEPSIDÈME.

A qui rendre la vue?

CHRÉMYLE.

A Plutus.

BLEPSIDÈME.

A Plutus? mais il l'a donc perdue?

CHRÉMYLE.

Eh oui! depuis longtemps.

BLEPSIDÈME.

Voilà donc la raison
Pour laquelle il ne vint jamais à la maison!

CHRÉMYLE.

Mais va, si Jupiter peut nous être propice,
C'est chez nous qu'à présent il faut qu'il s'établisse.

BLEPSIDÈME.

Dis-moi, ne faut-il pas mander un médecin?

CHRÉMYLE.

Hélas! oui, comme toi, c'était là mon dessein.
Mais le moyen qu'ici maintenant j'en rencontre!
Il faut payer un art quand on veut qu'il se montre.

BLEPSIDÈME.

Cherchons un peu : voyons.

CHRÉMYLE.

Je ne vois rien.

BLEPSIDÈME.

Ni moi.

CHRÉMYLE.

Comment faire? Mais tiens, je vais suivre, ma foi,
Un projet que j'avais, qui maintenant me frappe:
Je vais mener Plutus au temple d'Esculape;
C'est le plus court.

BLEPSIDÈME.

Parfait! fort bien imaginé!
Hâte-toi, que tout soit bien vite terminé.

CHRÉMYLE.

Oui, je pars.

BLEPSIDÈME.

Mais cours donc.

CHRÉMYLE.

Le puis-je davantage?

SCÈNE VI.

LA PAUVRETÉ, Les Mêmes.

LA PAUVRETÉ.

Traîtres, qu'allez-vous faire? et quelle est votre rage?
Qui vous pousse au plus grand de tous les attentats?
Vous fuyez..... demeurez, demeurez, scélérats!

BLEPSIDÈME.

Hercule, à mon secours!

LA PAUVRETÉ.

Il faut de votre vie
Expier tant d'audace et tant de perfidie.
Insolents, qui sans peur commettez un forfait
Surpassant en horreur tout ce qu'ont jamais fait
Les dieux ou les mortels les plus abominables!
Malheur! malheur à vous!

CHRÉMYLE.

Quels cris épouvantables!
D'où donc sors-tu si pâle, et que veut ta fureur?

BLEPSIDÈME.

Va, cet œil enflammé, cette tragique horreur,
Ces accents, tout nous dit que c'est une furie
Qui vient de s'échapper de quelque tragédie.

CHRÉMYLE.

Elle a perdu sa torche.

BLEPSIDÈME.

Elle va le payer.

LA PAUVRETÉ.

Pour qui me prenez-vous ?

CHRÉMYLE.

Pour femme d'hôtelier
Ou marchande de halle ; à moins d'être poissarde,
Sans raison ni sujet, on n'est pas si criarde.

LA PAUVRETÉ.

Ah ! vraiment, sans raison? vous ne me faites rien !
Me chasser de partout, apparemment, c'est bien?

CHRÉMYLE.

Comme si l'on t'avait interdit la rivière !
Mais à la fin de tout, qui donc es-tu, commère?

LA PAUVRETÉ.

Qui je suis ? vous allez le savoir, malheureux,
Qui prétendez ainsi me chasser de ces lieux.

BLEPSIDÈME.

Serait-ce, par hasard, la marchande voisine,
Dont les litres voleurs ont juré ma ruine?

LA PAUVRETÉ.

Je suis la Pauvreté, votre hôte dès longtemps.

BLEPSIDÈME.

Apollon ! dieux du ciel ! où fuir?

CHRÉMYLE.

Reprends tes sens.
Vas-tu pas te sauver? O la lâche pécore !
Veux-tu rester?

BLEPSIDÈME.

Non, non.

CHRÉMYLE.

Reste, te dis-je encore.
Une femme verra deux hommes lâcher pied !

BLEPSIDÈME.

Mais c'est la pauvreté, songes-y, par pitié,
L'être le plus hideux de toute la nature!

CHRÉMYLE.

Reste, mon cher ami, reste, je t'en conjure.

BLEPSIDÈME.

Non pas, par Jupiter!

CHRÉMYLE.

Mais là, réfléchissons.
Vois quelle absurdité tous deux nous commettons,
Si plantant là Plutus, nous partons quatre à quatre,
Et fuyons cette femme, au lieu de la combattre.

BLEPSIDÈME.

Mais avec quoi veux-tu la combattre, imprudent?
Est-il une cuirasse, une arme, un instrument,
Que cette pauvreté ne t'ait fait mettre en gage?

CHRÉMYLE.

Allons, tu perds l'esprit; montre donc du courage!
Va, Plutus à lui seul saura bien la dompter.

LA PAUVRETÉ.

Traîtres, entre vos dents qu'osez-vous marmotter?
Ne suis-je pas témoin de votre perfidie?...

CHRÉMYLE.

Ah! ça, nous diras-tu, détestable furie,
Ce qui nous vaut ces cris et ce bruit infernal?
Tu viens nous attaquer, t'avons-nous fait du mal?

LA PAUVRETÉ.

Belle demande, ô ciel! est-ce ne pas m'en faire,
Que de rendre à Plutus la vue et la lumière?

CHRÉMYLE.

Bon, voilà qu'à présent nous te faisons du tort,

Quand des pauvres mortels nous allégeons le sort !

LA PAUVRETÉ.

Vous, alléger leur sort?

CHRÉMYLE.

Oui, oui, si je commence
Par purger ce pays de ta triste présence.

LA PAUVRETÉ.

Le beau moyen, vraiment! Dis-moi donc quel forfait
Pour ces mêmes mortels aurait plus triste effet.

CHRÉMYLE.

Lequel? Par Jupiter! c'est de tarder à faire
Ce que je t'ai promis.

LA PAUVRETÉ.

Souffrez qu'on vous éclaire:
Je vous vois tous les deux prêts à vous égarer.
Écoutez-moi plutôt, et je vais vous montrer
Que c'est moi qui répands sur vous tous l'abondance,
Moi, qui vous donne à tous et maintiens l'existence.
Si mes raisonnements n'en viennent pas à bout,
Battez-moi, chassez-moi, je me résigne à tout.

CHRÉMYLE.

Misérable, voilà ce que tu viens nous dire!

LA PAUVRETÉ.

Crois-moi, tu ferais mieux de te laisser instruire;
Tu vas voir, à l'instant, que c'est stupidité
De vouloir enrichir ainsi l'humanité.

CHRÉMYLE.

O carcans! ô bâtons! il est temps de vous prendre!

LA PAUVRETÉ.

Il ne faut pas crier avant que de m'entendre.

CHRÉMYLE.

Et qui ne crîrait pas en voyant radoter?

LA PAUVRETÉ.

Un homme de bon sens doit toujours écouter.

CHRÉMYLE.

Parle, mais si tu perds, quel sera ton supplice?

LA PAUVRETÉ.

Choisissez.

CHRÉMYLE.

C'est au mieux.

LA PAUVRETÉ.

Mais aussi, par justice,
Je réserve aux vaincus le même traitement.

BLEPSIDÈME.

Vingt morts, vingt bonnes morts, voilà le châtiment.

CHRÉMYLE.

Vingt pour elle, fort bien : deux pour nous font l'affaire.

LA PAUVRETÉ.

Eh bien, c'est fait de vous, la chose est assez claire ;
Car enfin que peut-on répliquer contre moi?

LE CHOEUR.

Allons, empêchez-la de vous faire la loi.
Depuis longtemps déjà vous auriez dû répondre.
Parlez, parlez enfin, et sachez la confondre.

CHRÉMYLE.

Tout l'univers atteste, et pour moi, je soutiens
Que c'est à la vertu que sont dus tous les biens,
Et que la pauvreté, par la même justice,
Doit être à tout jamais le salaire du vice.
C'est pourquoi nous formons un généreux dessein
Qui rendra le bonheur à tout le genre humain :
Nous guérirons Plutus ; car s'il voit, plus de doute,

Vers les gens vertueux il choisira sa route,
Ne les quittera plus, et, maître de ses pas,
Du vice, qu'il déteste, il n'approchera pas.
Bref, partout régneront l'honneur et la richesse;
Est-il rien de meilleur, est-il plus de sagesse?.

BLEPSIDÈME.

Non voisin, j'en réponds. Ne l'interroge pas.

CHRÉMYLE.

Certes, de la façon que tout marche ici-bas,
On croirait que l'erreur, le crime et la folie
Mènent le genre humain, et lui règlent sa vie;
Car enfin, tous ces gens, dans l'opulence assis,
Que sont-ils? des coquins, par le crime enrichis;
Et les autres, gardiens d'une vertu sévère,
N'ont que toi pour compagne et sont dans la misère.
Eh bien, moi je soutiens que ce train finira
Dès que Plutus, guéri, parmi nous reviendra,
Car je dis que d'abord sa juste bienveillance
Sur l'univers entier répandra l'abondance.

LA PAUVRETÉ.

Non, vous prenez plaisir à parler de travers!
O stupides vieillards! cervelles à l'envers,
Frères en ignorance, ainsi qu'en radotage!
Croyez-vous en tirer le plus mince avantage?
Je suppose avec vous que Plutus puisse voir,
Et qu'à pleins seaux partout l'argent vienne à pleuvoir:
Qu'allez-vous devenir? les arts, les métiers tombent,
Il n'en reste pas un, il faut que tous succombent;
Où trouver forgerons, armateurs, cordonniers,
Charrons, potiers, tailleurs, blanchisseurs et peaussiers?
Qui guidera le soc dans le sein de la terre?

Au moment des moissons, qui viendra vous les faire,
Si l'on vit sans bouger et sans prendre ces soins?

CHRÉMYLE.

Argument sans valeur! Tout n'en ira pas moins :
Les esclaves sont là.

LA PAUVRETÉ.

Tu crois? Mais où les prendre?

CHRÉMYLE.

Au marché, ce me semble.

LA PAUVRETÉ.

Et qui voudra t'en vendre?
Quel homme, cousu d'or, te donnera les siens?

CHRÉMYLE.

Et comptes-tu pour rien ces chers Thessaliens,
Ces marchands effrontés et d'avarice extrême?
Ils en amèneront.

LA PAUVRETÉ.

Mais ces esclaves même,
Raisonneur insensé, d'où pourront-ils sortir?
Tout le monde enrichi, qui donc voudra servir?
Quand chacun se verra tout l'argent qu'il désire,
Pour gagner quelques sous voudra-t-il se détruire?
Voudra-t-il désormais et fatigue et sueur,
Quand il aura chez lui l'argent et le bonheur?
Il te faudra toi-même ensemencer tes plaines!
Cultiver, labourer; à toi toutes les peines!
Tu n'y gagneras rien, ton sort sera plus dur.

CHRÉMYLE.

Qu'il soit le tien cent fois!

LA PAUVRETÉ.

Et sois tout aussi sûr
Que ton sommeil devra se passer de couchette;

Adieu lits et tapis! Qui prendra la navette
Du jour où l'on verra l'or abonder pour tous?
Qui donnera la myrrhe en flots brillants et doux,
Et l'ambre, ces parfums des jeunes hyménées?
Et les manteaux brodés, et les robes ornées?
Si les trésors partout sont ainsi répandus,
Adieu tant d'ornements, car on n'en fera plus.
Je les donnais jadis : maîtresse impitoyable,
J'étais là, tourmentant l'artisan misérable,
Je le chassais du lit, l'excitais, et sa main
Travaillait jour et nuit pour un morceau de pain.
Grâce à moi...

CHRÉMYLE.

Grâce à toi, le pauvre a les brûlures,
Quand il vient aux bains chauds guérir ses engelures;
Grâce à toi, des marmots toujours prêts à manger,
Et de vieilles grognons qui ne font qu'enrager;
Grâce à toi, les cousins, les puces, la vermine,
Qui du matin au soir et l'infecte et le mine;
Grâce à toi, des milliers d'insectes bourdonnant,
Fourmillant, pullulant, grondant et lui criant :
« Debout pour le travail! » Et qu'a-t-il pour costume?
Des haillons mal cousus; qu'a-t-il pour lit de plume?
Un paillasson rempli d'insectes, qui d'abord
Viennent assassiner l'infortuné qui dort;
Son tapis, c'est du bois qui tombe en pourriture;
Son oreiller, un pot; il a pour nourriture,
Non du pain, non du blé, mais des navets poudreux;
Il a pour tout gâteau des radis filandreux;
Il a pour banc le fond d'une cruche cassée;
Pour pétrin un débris d'une tonne enfoncée,

Encor fuit-il ! voilà les comptes clairs et nets
Des trésors qu'on te doit et du bien que tu fais !

LA PAUVRETÉ.

Est-ce que tu prétends avoir dépeint ma vie ?
Tu m'as fait le portrait de l'homme qui mendie.

CHRÉMYLE.

Oui, mais nous savons tous que la mendicité
Est, partout et toujours, sœur de la pauvreté.

LA PAUVRETÉ.

Vous confondez tous deux, sans le moindre scrupule,
Le jour avec la nuit, Denys et Thrasybule !
Ce n'est pas là ma vie ; et jamais, par les Dieux !
Je n'eus, ni je n'aurai ce destin odieux.
Tu m'as dépeint un gueux que la misère accable ;
Parle-moi donc plutôt de l'homme infatigable,
Sage, prudent, actif, ménager de son bien,
Qui vit sans superflu, mais ne manque de rien,
Voilà mon pauvre !

CHRÉMYLE.

Eh bien, elle est digne d'envie,
Par Cérès, notre mère, une semblable vie !
Après qu'on l'a passée à se bien macérer,
On meurt, et l'on n'a pas pour se faire enterrer !

LA PAUVRETÉ.

Propos de bel esprit, et bons pour qui veut rire !
Raisonne, s'il te plait, et quitte la satire ;
Tu verras que c'est moi, bien mieux que ton Plutus,
Qui dispense aux mortels talents, force, vertus.
Par lui, l'on a la goutte, on traîne un ventre énorme,
On est épais et court, on est gras et difforme ;
Moi, je rends l'homme actif, alerte, entreprenant,

Léger comme une guêpe, intrépide et vaillant.

CHRÉMYLE.

Le moyen qu'il soit lourd, tu le tiens à la diète!

LA PAUVRETÉ.

Si j'arrive au moral, sa sagesse est parfaite;
Il a la modestie, et le riche a l'orgueil.

CHRÉMYLE.

Vive sa modestie! il force, en un clin d'œil,
Toute espèce de mur, de porte ou de serrure!

BLEPSIDÈME.

Et lorsqu'après la peur chez lui le claquemure,
Vantez sa modestie!

LA PAUVRETÉ.

Et voyez un État :
Tant que les orateurs sont pauvres, sans éclat,
Ils sont tout pour le peuple et les vertus antiques;
Bourrés d'or, adieu foi, prospérité publiques,
Les voilà devenus intrigants forcenés,
Et de ce même peuple ennemis acharnés.

CHRÉMYLE.

Tu dis vrai cette fois, contre ton habitude;
Mais, va, ton châtiment n'en sera pas moins rude;
Tu verras si l'on peut avoir l'impunité,
Quand on dit que richesse est pis que pauvreté.

LA PAUVRETÉ.

Et toi, crois-tu répondre avec tes bagatelles?
Tu ne sais, pauvre oison, que secouer tes ailes!

CHRÉMYLE, se ravisant.

Tout le monde te fuit : me diras-tu pourquoi?

LA PAUVRETÉ.

Eh! c'est parce que j'ai la sagesse avec moi!

Vois un fils, il maudit un père qui raisonne,
Tant il est mal aisé de redresser personne.

CHRÉMYLE.

Dis-tu de Jupiter qu'il est parmi les fous?
Il est riche pourtant.

BLEPSIDÈME.

Et t'adresse chez nous.

LA PAUVRETÉ.

Vous êtes tous les deux les plus vieux fous du monde!
Il est pauvre, insensés : tout le prouve à la ronde.
Dites, s'il était riche, irait-il tous les ans,
Quand la Grèce dans Pise appelle ses enfants,
Irait-il couronner les vainqueurs pleins de gloire
D'un olivier chétif? Il paîrait leur victoire
En or, s'il en avait.

CHRÉMYLE.

Cela prouve plutôt
Que sachant tout son prix, il le garde en dépôt,
Et que, pour éviter une dépense folle,
Il accorde aux vainqueurs un ornement frivole.

LA PAUVRETÉ.

O la bonne défense et l'argument heureux!
Pauvreté vaudrait mieux qu'un calcul si honteux.
Et le Dieu Jupiter, s'il est vrai qu'il soit riche,
Devrait être, entre nous, moins vilain et moins chiche.

CHRÉMYLE.

Qu'il te coiffe comme eux, et te foudroie!

LA PAUVRETÉ.

Ingrats!
Ce n'est pas moi qui rends l'homme heureux ici-bas?

CHRÉMYLE.

Hécate, si tu veux, te dira la première
S'il vaut mieux être riche, ou souffrir la misère;
Elle te contera que les gens fortunés
Tous les mois à l'autel apportent des dînés,
Lorsque le malheureux sur eux se précipite,
Et, dès qu'ils sont posés, les emporte à son gîte.
Enfin, sors de ces lieux, et trève de débats :
Quand tu me convaincrais, je ne me rendrais pas!

LA PAUVRETÉ.

Ville d'Argos, entends!

CHRÉMYLE.

Appelle encore, appelle
Pauson le barbouilleur, ton compagnon fidèle.

LA PAUVRETÉ.

Que ferai-je?

CHRÉMYLE.

Va-t'en.

LA PAUVRETÉ.

Où m'en aller, hélas?

CHRÉMYLE.

Au gibet qui déjà te réclame là-bas.

LA PAUVRETÉ.

Vous me rappellerez quand vous m'aurez bannie.

CHRÉMYLE.

Tu reviendras alors, et tu seras bénie.
Pour le moment, décampe. Être riches nous va.
Morfonds-toi loin de nous autant qu'il te plaira.

BLEPSIDÈME.

Et moi, je cours chercher mes enfants et ma femme.
Il faut nous en donner et nous retremper l'âme.

Commençons par les bains. Allons, de la gaîté,
Nargue au travail, ami, nargue à la Pauvreté.

(La Pauvreté s'enfuit.)

SCÈNE VII.

BLEPSIDÈME, CHRÉMYLE, CARION.

CHRÉMYLE.

Enfin, elle a donc fui cette peste maudite!
Pour nous, allons trouver Esculape bien vite.
Il faut coucher Plutus dans le temple : le Dieu
Nous le rendra guéri, je l'espère, avant peu.

BLEPSIDÈME.

Je suis de ton avis, précipitons l'affaire;
Car si l'on vient encor, nous ne pourrons rien faire.

CHRÉMYLE, à Carion.

Toi, tu vas nous aider aussi : cours au logis,
Carion, cours chercher des draps et des tapis;
Suivant le rit sacré, tu marcheras en tête.
Apporte aussi les dons préparés pour la fête.

(Ils sortent.)

SCÈNE VIII.

CARION, LE CHOEUR.

CARION.

Hé, vieux habitués des banquets théséens,
Qui faisiez maigre chère à ces pompeux festins,

Quel bonheur tout d'un coup! quelle bonne journée!
A tous les gens de bien la fortune est donnée!

LE CHOEUR.

Qu'est-ce, mon bon ami? Tu sembles, à ton air,
Porteur d'une nouvelle excellente.

CARION.

Eh! mon cher!
Mon maître est aujourd'hui dans la plus belle passe!
Et Plutus donc! Ah! tiens, c'est là ce qui me passe :
Tu sais s'il voyait clair? eh bien, figure-toi
Que maintenant il voit ni plus ni moins que moi :
Ses yeux sont revenus, sa paupière est ouverte,
Il a le regard vif et la prunelle alerte;
Esculape à lui seul a fait la guérison!

LE CHOEUR.

O bonheur sans pareil!

CARION.

Ah! qu'on le veuille ou non,
Il faut danser, sauter.

LE CHOEUR.

Fils digne de ton père,
Esculape, salut, notre sainte lumière!

SCÈNE IX.

LA FEMME DE CHRÉMYLE, Les Mêmes.

LA FEMME, à Carion.

Quel est donc ce vacarme? Est-ce que par hasard
Nous avons du nouveau? Je suis là, pour ma part,
Depuis un siècle au moins à t'attendre.

CARION.

Victoire!
Du vin, du vin, maîtresse, avec nous tu vas boire!
Tu boiras tout ton soûl, toi qu'on sait bonne là!
J'ai pour toi tous les biens en masse.

LA FEMME.

Où donc cela?

CARION.

Dans le simple récit que je m'en vais te faire.

LA FEMME.

Dépêche-toi, voyons.

CARION.

Or, sus, voici l'affaire.
Il faut de point en point te narrer nos succès :
Sur ta tête, ils sont grands!

LA FEMME.

Laisse ma tête en paix.

CARION.

Aurais-tu déjà peur?

LA FEMME.

Oui, j'ai peur de la suite.

CARION.

Tous nos plans étant pris, nous partîmes bien vite,
Moi, mon maître et Plutus. On porta, comme on put,
Ce malheureux, heureux aujourd'hui s'il en fut!
Arrivés, nous allons le baigner au rivage
Avec l'eau de la mer.

LA FEMME.

Un vieillard! à son âge!
Que l'eau froide au bonhomme a dû faire plaisir!

CARION.

Après le bain, au temple il fallut revenir.

Là, l'on met sur l'autel blé, galette divine,
Dans le foyer sacré l'on jette la farine;
Après quoi, nous couchons Plutus suivant le rit,
Et chacun, comme il peut, fait et place son lit.

LA FEMME.

Quand vous vîntes, dis-moi, le temple était-il vide?

CARION.

Non, nous trouvâmes là l'aveugle Néoclide,
Qui vole, comme on sait, les gens qui voient le mieux.
Mille autres moribonds affluaient dans ces lieux.
Le desservant paraît, souffle sur les lumières,
Commande qu'à l'instant se baissent les paupières,
Et défend de bouger si l'on entend du bruit.
Chacun se tait alors, et commence sa nuit.
Je n'en pus faire autant : ma narine ébahie
Aspirait de trop près certain plat de bouillie
Que tenait une vieille, et dont la douce odeur
De furieux désirs sollicitait mon cœur :
Je grillais d'en tâter; mais, relevant la vue,
Que vois-je? le grand prêtre, une main étendue,
Ramasser sur l'autel et figues et gâteaux,
Revenir, s'emparer des plus minces morceaux,
Les mettre dans un sac, et, sans plus de mystère,
Emporter saintement le tout au sanctuaire.
Il avait fait sa main : je crus, en l'imitant,
Bien faire, et je sautai sur mon plat à l'instant.

LA FEMME.

Coquin! sans peur du Dieu?

CARION.

Si fait, je te l'assure.
J'avais peur qu'il ne vînt aussi chercher pâture,

Et qu'avec sa couronne il me prît sous le nez
Mon plat : Le fait du prêtre en disait bien assez.
Mais voilà que la vieille, au bruit de ma manœuvre,
Étend la main dessus ; moi, comme une couleuvre,
Je bondis, fais entendre un sifflement, et mords.
Le bras qui s'avançait fait retraite dès-lors,
La vieille ne dit mot, se remet à sa place,
Et, dans sa peur, me lâche un vent en pleine face.
Mais le plat me restait ! j'eus tôt fait mon repas,
Tôt rempli ma bedaine, et regagné mes draps.

LA FEMME.

Mais le Dieu, quand vint-il ?

CARION.

Il vint alors, maîtresse.
Et je fis même alors ma plus belle prouesse ;
Car, dès qu'il apparaît, mon ventre, trop chargé,
Lance et fait rebondir un tonnerre enragé.

LA FEMME.

Il en fut dégoûté.

CARION.

Non pas, mais à sa suite,
Jason seule en sentit une honte subite ;
La pauvre Panacée en eut un haut de cœur,
Et se boucha le nez pour éviter l'odeur ;
Car c'était de l'encens, maîtresse, à ma manière.

LA FEMME.

Mais Esculape enfin ?

CARION.

Il ne s'en émut guère.

LA FEMME.

Il est donc bien grossier ?

CARION.

Et l'est-on pour cela?
Les médecins ont goût à ces matières-là.

LA FEMME.

Malheureux!

CARION.

Mais le Dieu commençant sa visite,
J'eus peur, et m'enfonçai dans mon lit au plus vite,
Puis vers les moribonds je le vis s'avancer,
Les tâter, réfléchir, examiner, peser,
Et se faire donner comme un mortier de pierre,
Un pilon, un coffret...

LA FEMME.

De la même matière?

CARION.

Eh non, pas le coffret!

LA FEMME.

Mais, scélérat maudit,
Comment le voyais-tu, renfoncé dans ton lit?

CARION.

Comment? par mon manteau, dont j'étais resté maître,
Et dont le drap usé m'offrait mainte fenêtre.
Enfin je vis soigner Néoclide en premier;
A son intention, le Dieu mit au mortier
De la gomme, de l'ail, force poivre et vinaigre,
Mêla tout, broya tout, et, d'une main allègre,
Vous lui posa l'emplâtre aux yeux même. Aussitôt,
Voilà que sur son lit l'homme fait un grand saut,
Jure, se met à fuir, la fureur au visage,
Cherchant porte et fenêtre où trouver un passage.
Le Dieu rit dans sa barbe, et lui dit : « C'est au mieux :

« Voilà qui te clòùra pour longtemps en ces lieux,
« Et de tes faux serments sauvera l'assemblée ! »

LA FEMME.

Dieu puissant et Dieu bon, il nous sauve d'emblée.

CARION.

Puis il vient à Plutus; là, je le vis s'asseoir,
Lui palper le visage, et, muni d'un mouchoir,
Lui frotter chaque orbite ; après quoi, Panacée
Met un voile de lin sur sa tête baissée.
Cela fait, le Dieu siffle, et déjà deux serpents
S'élancent de l'autel, immenses, écumants.....

LA FEMME.

Grands Dieux !

CARION.

Et sous le lin pénétrant en silence,
Lui lèchent la paupière, ou, du moins, je le pense ;
Si bien qu'en moins de temps que tu boirais dix coups,
Maîtresse, Plutus, voit et nous distingue tous.
J'applaudis de bon cœur, et réveillai mon maître,
Et puis serpents et Dieu, je vis tout disparaître.
Mais tous ceux que Plutus avait eus pour voisins,
Tu penses ce qu'ils font? Ils viennent à deux mains
Le louer, l'embrasser pendant la nuit entière ;
Ils n'avaient pas fini quand revint la lumière.
Et moi, je célébrais, je vantais de mon mieux
Ce Dieu qui de Plutus ouvrait si bien les yeux,
Et fermait pour toujours ceux d'un traître exécrable !

LA FEMME.

Voilà ce qui s'appelle un pouvoir admirable !
Mais, dis, que fait Plutus?

CARION.

Plutus serait ici
Si le peuple aussitôt ne s'en était saisi.
C'étaient ceux dont la vie honnête et vertueuse
N'en avait pas été pour cela plus heureuse;
Ils venaient lui serrer la main de tout leur cœur,
Et de mille façons témoignaient leur bonheur;
C'étaient ceux qui jadis nageaient dans la richesse,
Et qui devaient leurs biens à leur scélératesse :
L'œil morne maintenant, désolés, abattus,
Ils suivaient pleins de rage, et maudissaient Plutus;
Enfin, c'était la foule en immenses colonnes,
Qui, folle de gaîté, se parait de couronnes,
Et célébrait ce Dieu qui pour elle naissait.
Et le sol, sous les pas, au loin retentissait.
Mais, allons, qu'ici même on se mette à la danse,
Chantez et sautez tous, votre bonheur commence,
On ne vous dira plus, quand vous crîrez la faim,
Que votre sac est vide et la huche sans pain.

LA FEMME.

Par Hécate! je veux récompenser ton zèle :
Cent gâteaux sont le prix de ta bonne nouvelle.

CARION.

Fort bien : mais hâte-toi, car voici tous nos gens.

LA FEMME.

Je cours à la maison recueillir mes présents.
Puisque le Dieu Plutus a recouvré la vue,
Il nous faut à ses yeux payer la bienvenue.

(Elle sort.)

CARION.

J'aime encor mieux aller au-devant.

SCÈNE X.

PLUTUS, guéri; CHRÉMYLE, CARION, LE CHOEUR.

PLUTUS.

O Soleil!
O terre de Minerve! ô pays sans pareil!
Lieux qu'a peuplés Cécrops, lieux qui m'avez pour hôte,
Deux et trois fois salut! Je reconnais ma faute,
Je rougis en voyant ceux que j'enrichissais,
Et que c'étaient les bons que partout je laissais;
Mais quoi! j'étais aveugle, et, dans mon ignorance,
Je ne pouvais entre eux mettre de différence.
Aussi, dès aujourd'hui, je veux tout réparer,
Oui, je vais dépouiller les méchants, et montrer
Que c'était malgré moi qu'ils avaient ma richesse.

CHRÉMYLE, à la foule qui l'étouffe.

Allez vous faire pendre! Ah! bons Dieux! quelle presse!
Pour une bonne affaire où l'on se trouve mis,
Voilà qu'il vous surgit des centaines d'amis.
Leur multitude est là qui m'étouffe et m'accable!
Modérez, s'il vous plaît, cet amour admirable.
Ils m'ont presque étourdi! La bande des vieillards,
Dès le temple, a sur moi fondu de toutes parts!

SCÈNE XI.

LA FEMME DE CHRÉMYLE, LES MÊMES.

LA FEMME.

(à son mari) (à Plutus)
O mortel qui m'es cher! Et toi, dieu tutélaire,

Salut surtout, salut! C'est l'usage ordinaire:
Je t'apporte mes dons.

PLUTUS.

Garde-les. Quand je vois,
Quand je franchis ton seuil pour la première fois,
Ce n'est pas moi qui dois accepter tes largesses :
C'est moi qui justement dois t'offrir mes richesses.

LA FEMME.

Quoi! tu ne voudrais pas de mes libations?

PLUTUS.

C'est chez toi qu'il faudra que nous les répandions;
Ainsi le veut le rit. Aussi bien, il est sage
De ne pas imiter un ridicule usage.
C'est tout au plus le fait de stupides auteurs
De jeter avant tout des fruits aux spectateurs,
Et d'adresser d'abord ce prologue à leur panse,
Afin de s'assurer quelques bravos d'avance.

LA FEMME.
(indiquant un spectateur)

C'est juste... Oh! mais vois donc, Dexinique là-bas,
Au premier mot de fruits, tend mâchoires et bras.

SCÈNE XII.

CARION, Le Choeur.

CARION.

Vraiment, c'est un plaisir de faire sa fortune
Sans qu'il en coûte rien de peine ou de pécune!
Tout nous manquait hier, et voilà qu'à présent,
Comme s'il en pleuvait, nous trouvons de l'argent!

Tout l'or de l'univers vient en moins d'un quart d'heure
D'envahir, d'encombrer notre pauvre demeure,
Et cela, sans avoir rien volé ni rien pris!
Ah! parlez-moi de biens si simplement acquis!
Quelle chance! bons dieux. Plus de blé noir, plus d'orge!
La huche est déjà pleine et de pains blancs regorge;
Les vases, les tonneaux, le plus mince baquet,
Sont remplis de vins noirs, et dieu sait leur bouquet!
Tout chez nous n'est plus qu'or ou qu'argent, les plats
Les plats en sont couverts, ô merveille suprême! [même,
Le puits est comblé d'huile, et nos moindres flacons
Sont remplis de parfums; sous des fruits beaux et bons
Le grenier surchargé s'affaisse; les marmites
Ont en un pur airain changé leurs terres cuites.
Que dis-je? seaux, buffets, plats à poisson encor,
Tout pourris qu'ils étaient, se sont recouverts d'or;
Le reste à l'avenant. Oui, c'est à n'y pas croire:
Notre chaise percée est maintenant d'ivoire;
Et nous autres valets, on nous voit, sans façon,
Avec des écus d'or jouer à pair ou non.
Et nous permettre l'ail pour certaines fredaines...[1]
Enfin, déjà mon maître immole par douzaines,
Boucs, moutons et béliers, qui grillent là dedans,
Et font une fumée à suffoquer les gens.
Pour moi, n'y tenant plus, j'ai déserté la place;
Les yeux me picotaient, et j'ai fait volte-face.

1. Voir les notes à la fin.

SCÈNE XIII.

CHRÉMYLE, UN HOMME DE BIEN, CARION.

L'HOMME DE BIEN, à son esclave.

Allons, petit esclave, accompagne mes pas,
Nous irons vers ce dieu que je ne connais pas.

CHRÉMYLE.

Quel est cet importun qui vient...

L'HOMME DE BIEN.

Un pauvre diable,
Aujourd'hui très-heureux, hier très-misérable.

CHRÉMYLE.

Ah! ah! Il paraîtrait qu'on fut homme de bien!

L'HOMME DE BIEN.

Le plus possible.

CHRÉMYLE.

Allons, que te faut-il?

L'HOMME DE BIEN.

Oh! rien.
Je veux voir seulement ce dieu, dont la clémence
M'a depuis ce matin tiré de l'indigence.
J'avais vécu jadis dans la prospérité,
Grâce aux biens paternels dont j'avais hérité.
Mais quoi! de mes amis j'allégeais la misère,
Croyant que pour soi-même on ne pouvait mieux faire...

CHRÉMYLE.

Et la fortune alors disparut au galop?

L'HOMME DE BIEN.

Tout juste.

CHRÉMYLE.

Et tu restas malheureux et penaud ?

L'HOMME DE BIEN.

Tout juste. J'avais cru que tant de sacrifices
Me vaudraient quelque jour de semblables services,
Et qu'au besoin j'aurais des amis généreux ;
Mais ils ont fait retraite, et je n'ai rien eu d'eux.

CHRÉMYLE.

Et je parie encor que ces gens détestables
Se sont moqués de toi.

L'HOMME DE BIEN.

Juste. Les misérables !
Ma cuisine en tombant fit tomber leur amour.

CHRÉMYLE.

Mais aujourd'hui tout change.

L'HOMME DE BIEN.

Aussi, dans ce beau jour,
Je viens au dieu Plutus, en toute diligence,
Acquitter le tribut de ma reconnaissance.

CHRÉMYLE.

Mais pourquoi ce bambin porte-t-il ces haillons ?
Serait-ce pour Plutus ?

L'HOMME DE BIEN.

Oui, ce sont là mes dons.

CHRÉMYLE.

C'est avec ce manteau qu'à la bonne déesse
Tu fus initié jadis dans ta jeunesse ?

L'HOMME DE BIEN.

Non ; mais j'ai grelotté dessous pendant treize ans.

CHRÉMYLE.

Et ces souliers encor ?

L'HOMME DE BIEN.

Ils ont pendant ce temps
Combattu comme moi le froid et la misère.

CHRÉMYLE.

Et c'est l'autre cadeau qu'à Plutus tu vas faire?

L'HOMME DE BIEN.

Mais, oui.

CHRÉMYLE.

Grand bien lui fasse!

SCÈNE XIV.

UN DÉLATEUR, Les Mêmes.

LE DÉLATEUR.

O malheur! ô trépas!
Hélas! hélas! hélas! cent et cent fois hélas!
Je péris, je suis mort! un démon détestable
Me plonge et m'engloutit dans un gouffre effroyable!

CHRÉMYLE.

Dieux amis des mortels! Apollon protecteur!
Que peut avoir cet homme, et quel est son malheur?

LE DÉLATEUR.

C'est un malheur affreux, un horrible supplice!
Mes biens me sont ravis, sans raison ni justice,
Grâce, grâce à ce dieu qui recouvre le jour,
Mais qui va maintenant le perdre sans retour,
S'il est un tribunal et des lois sur la terre!

L'HOMME DE BIEN.

Bon, bon, j'y suis enfin; je vois d'ici l'affaire:

Ce n'est ni plus ni moins qu'un homme ruiné,
Et bonne pièce, allez, si j'ai bien deviné.

CHRÉMYLE.

Par le ciel! qu'il périsse, il a ce qu'il mérite.

LE DÉLATEUR.

Où donc, où donc est-il ce dieu, cet hypocrite?
Il promettait si bien de nous enrichir tous
Si ses yeux guérissaient et se rouvraient sur nous;
On vient de les guérir : pourquoi donc l'infidèle
Nous a-t-il ruinés et perdus de plus belle?

CHRÉMYLE.

Qui donc a-t-il perdu?

LE DÉLATEUR.

Moi.

CHRÉYMLE.

Toi? C'est que pour sûr
Tu n'es qu'un scélérat et qu'un perceur de mur.

LE DÉLATEUR.

Les scélérats, c'est vous; si j'en crois votre mine,
C'est vous qui me volez et causez ma ruine.

L'HOMME DE BIEN.

Cet homme, assurément, est quelque délateur :
Comme il y va, quel air, quel ton accusateur!

CARION.

Il doit être affamé.

LE DÉLATEUR.

Tu veux plaisanter, traître!
Attends, au tribunal je te fais comparaître :
Tu vas dans les tourments avouer ton forfait.

CARION.

Malheur à toi, coquin!

L'HOMME DE BIEN.

Quel éclatant bienfait,
Par Jupiter sauveur, Plutus vient de nous rendre,
Si tous les délateurs sont réduits à se pendre!

LE DÉLATEUR.

O rage! ô désespoir! tu viens de partager
Ma dépouille avec eux, et tu veux m'outrager!
Mais, dis, à qui pris-tu ce manteau magnifique,
Toi qui n'avais hier qu'une sale tunique?

L'HOMME DE BIEN.

Je me moque de toi, car je porte un anneau
Qu'Hémade m'a vendu pour garantir ma peau.
Je nargue les serpents et ris de leurs piqûres.

CHRÉMYLE.

Va, rien des délateurs ne guérit les morsures.

LE DÉLATEUR.

Ah! m'insulter en face, et me railler ainsi!
Dites-moi donc, plutôt, que faites-vous ici?
Rien de bon à vous deux, j'en ai la certitude.

CHRÉMYLE.

Non, rien de bon pour toi; sois sans inquiétude.

LE DÉLATEUR.

Je ne le vois que trop, vous mangerez mon bien.

CHRÉMYLE.

Aussi vrai que je veux qu'en véritable chien,
Toi, comme le témoin qui te sert de compère,
Tu crèves dans un coin de faim et de misère.

LE DÉLATEUR.

Allez-vous le nier, imposteurs forcenés,
Quand l'odeur des ragoûts m'empoisonne le nez?
(Aspirant et flairant partout.)
Hu! hu! hu! hu! hu! hu!

CHRÉMYLE.

Que sens-tu, misérable ?

L'HOMME DE BIEN.

Le froid, apparemment, sous un manteau semblable.

LE DÉLATEUR.

Jupiter, et vous, dieux! est-ce assez m'insulter ?
Voilà donc maintenant comme l'on sait traiter
Un patriote ardent et de vertu profonde ?

CHRÉMYLE.

Toi, patriote ardent ?

LE DÉLATEUR.

Plus que personne au monde.

CHRÉMYLE.

Ah ! ça, réponds-moi donc un peu, voyons.

LE DÉLATEUR.

Sur quoi?

CHRÉMYLE.

Es-tu cultivateur ?

LE DÉLATEUR.

Pas si bête, ma foi !

CHRÉMYLE.

Es-tu marchand ?

LE DÉLATEUR.

Certe oui, quand j'ai besoin de l'être.

CHRÉMYLE.

Quel est donc ton métier ?

LE DÉLATEUR.

Je n'en ai pas.

CHRÉMYLE.

Mais, traître,
Comment, et d'où vis-tu sans rien faire ?

LE DÉLATEUR.

Comment?
Je surveille de haut et suis à tout moment
Magistrats, citoyens, bourgeois.

CHRÉMYLE.

Et qui t'en charge?

LE DÉLATEUR.

Moi.

CHRÉMYLE.

Quoi! vil scélérat, lorsque tu prends à charge
De nous persécuter, d'épier tous nos pas,
De venir te mêler où l'on ne te veut pas,
Tu te dis patriote!

LE DÉLATEUR.

Et l'État, la patrie,
N'y dois-je pas veiller de mon mieux, je te prie?

CHRÉMYLE.

C'est peut-être y veiller que s'ingérer à tout?

LE DÉLATEUR.

Oui, quand on vient en aide aux lois qui sont debout;
Qu'on est incorruptible, et qu'on poursuit le crime.

CHRÉMYLE.

Athènes sait nommer, pour juger qui l'opprime,
Des juges, un sénat.

LE DÉLATEUR.

Oui, mais pour dénoncer?

CHRÉMYLE.

Dénonce qui le veut, chacun peut en user.

LE DÉLATEUR.

Eh bien! c'est mon affaire; et, pour moi, je me vante
Que tout passe de droit par ma main vigilante.

CHRÉMYLE.

Et tout doit bien aller ! Ne fais rien, scélérat !
Mieux vaudrait le repos qu'un si honteux état.

LE DÉLATEUR.

Le repos ? je suis homme, et n'en ai point envie.
Que la brute au repos passe toute sa vie.

CHRÉMYLE.

Tu ne changerais pas ?

LE DÉLATEUR.

Pas même pour Plutus ;
Oui, Plutus en personne et tout l'or de Battus.

CHRÉMYLE.

Allons, pour en finir, mets bas cette tunique.

CARION.

Et vite, c'est à toi que la chose s'applique.

CHRÉMYLE.

Quitte-moi ces souliers.

CARION.

Tôt, c'est encor pour toi.

LE DÉLATEUR.

Venez, traîtres, venez, approchez-vous de moi.

CARION.

« Eh bien ! c'est mon affaire ; oui, pour moi, je me vante
« Que tes reins vont passer par ma main diligente. »

LE DÉLATEUR.

Malheur ! on me dépouille en plein jour.

CARION.

Intrigant,
Vis aux dépens d'autrui, si tu peux, maintenant.

LE DÉLATEUR, à son témoin.

Tu vois ce qu'on me fait : tantôt, en témoignage...

CHRÉMYLE.

Oui, cherche ton témoin : il a plié bagage.

LE DÉLATEUR.

Hélas! me voilà seul.

CARION.

Tu beugles à présent.

LE DÉLATEUR.

Au secours ! au secours !

CARION, à l'Homme de bien.

Donne ce vêtement,
Que j'en affuble un peu ce traître.

L'HOMME DE BIEN.

Par exemple!
Je le dois à Plutus; j'en ornerai le temple.

CARION.

On ne peut en orner qu'un traître et qu'un voleur;
Il faut traiter Plutus avec plus de splendeur.
Il faut au dieu de l'or une robe où l'or brille,
Et pour un délateur la plus vieille guenille.

L'HOMME DE BIEN.

Et mes souliers, qu'en faire?

CARION.

Eh! pends-les à son nez,
Comme on pend les présents qu'aux dieux on a donnés.

LE DÉLATEUR.

Je m'en vais, car je vois qu'il faut que je succombe;
Mais je prends le premier qui sous la main me tombe;
Et fût-il moins solide encor que du bois mort,
Je m'en fais un témoin, et je vais tout d'abord
Dénoncer par sa voix Plutus à la justice,
Plutus qui seul, au jour, sans crainte du supplice,

Sans avoir consulté ni peuple, ni sénat,
Perd la démocratie et renverse l'État.

L'HOMME DE BIEN.

Tiens, crois-moi, ne suis pas un tel accès de rage,
Mais va plutôt au bain en ce bel équipage ;
Place-t'y le premier. Va, cours, chauffe-t'y bien,
Et garde un poste, hélas ! qui fut longtemps le mien.

CHRÉMYLE.

Le baigneur voudra-t-il d'un gueux de cette espèce ?
Il chassera tout net une si bonne pièce.
Mais, allons, hâtons-nous, quittons enfin ce lieu,
Et venons adresser notre prière au dieu.

(Ils sortent tous.)

SCÈNE XV.

UNE VIEILLE, LE CHOEUR, PUIS CHRÉMYLE.

LA VIEILLE.

Dites-moi, bonnes gens, est-ce ici la demeure
Du nouveau dieu qui s'est révélé tout à l'heure ?
Est-ce ou non près d'ici ? faut-il encor courir ?

LE CHOEUR.

Non, non, ma belle enfant ; tu ne peux mieux venir.
Cette demeure est là : tiens, en voici la porte.

LA VIEILLE.

Vraiment ? alors j'appelle. Holà ! tôt, que l'on sorte.

CHRÉMYLE.

Justement me voici, la vieille ; conte-moi
Ce que tu viens chercher, et ce qu'on peut pour toi.

LA VIEILLE.

Tu vois, mon brave ami, l'innocente victime
Du courroux de Plutus, du malheur et du crime.
Oui, depuis que ce dieu s'est mis à voir, hélas!
Ma vie est devenue un horrible trépas.

CHRÉMYLE.

Qu'est-ce? avons-nous aussi parmi la gent femelle
Langues de délateurs, et la tienne en est-elle?

LA VIEILLE.

Non, non, je n'en suis pas.

CHRÉMYLE.

Est-ce qu'un sort jaloux
Ne t'aurait pas permis de boire tout ton soûl?

LA VIEILLE.

Tu ris? et le chagrin me ronge et me déchire.

CHRÉMYLE.

Allons, finissons-en, hâte-toi de nous dire
Ce qui peut te ronger, la vieille.

LA VIEILLE.

Écoutez tous :
J'avais un jeune amant, pauvre, mais, voyez-vous,
Beau, charmant, vertueux, des amants le modèle.
A mon moindre désir empressé, plein de zèle,
Il faisait tout pour moi. Sujet de tant d'amour,
Et voulant pour le moins le payer de retour,
Je faisais tout aussi.

CHRÉMYLE.

C'était juste, ma belle.
Et que fallait-il donc à cet amant modèle?

LA VIEILLE.

Oh! rien, car sa réserve allait jusqu'à l'excès.

Bon jeune homme ! il n'osait m'engager dans les frais.
Parfois il lui fallait d'écus une vingtaine
Pour un petit manteau de lin ou bien de laine ;
Ou dix écus encor afin qu'il remplaçât
Ses sandales ; ou bien c'était quelque autre achat.
Un jour il m'indiquait quelques envois à faire,
D'étoffes à ses sœurs, d'une robe à sa mère,
Ou bien de sacs de blé.

CHRÉMYLE.

Tudieu ! rien que cela ?
A lui seul ? le garçon réservé que voilà !

LA VIEILLE.

Oh ! ce qu'il en faisait, ce n'était pas malice ;
Il me disait souvent que c'était son caprice
De porter un manteau qu'il tenait de ma main,
Et qu'il pensait à moi le sentant sur son sein.

CHRÉMYLE.

Quel amour vif et pur ! quels transports ! quelle flamme !

LA VIEILLE.

Mais, hélas ! à présent, il me trahit l'infâme !
Il a changé, vois-tu, mais changé tout à fait.
J'envoie hier chez lui ce plat que j'avais fait,
J'y joins des fruits confits, du dessert, et j'ajoute :
« A ce soir, mon chéri ! »

CHRÉMYLE.

Qu'arriva-t-il ? J'écoute.

LA VIEILLE.

Il me rend à l'instant une tarte, et dessus
L'ordre signifié de ne me montrer plus ;
Et qui pis est, l'ingrat ajoute dans sa rage :
« Milet dans l'ancien temps signala son courage. »

CHRÉMYLE.

Bon, bon. Ce garçon-là n'est pas bête du tout.
Comme il change d'état il sait changer de goût.
Enrichi, le pain bis ne fait plus son affaire ;
C'était bon autrefois, du temps de sa misère.

LA VIEILLE.

Dieux du ciel! qui l'eût dit qu'il me joûrait ce tour,
Quand autrefois le traître, assidu, chaque jour,
Venait et se postait debout devant ma porte?

CHRÉMYLE.

(A part.)

Il venait t'enlever? Avant qu'elle fût morte!

LA VIEILLE.

Oh! non pas. Il venait me prier chaque fois
De chanter : il aimait les doux sons de ma voix.

CHRÉMYLE.

Il venait bien aussi recevoir quelque chose?

LA VIEILLE.

Et du moindre chagrin s'il pressentait la cause,
Il me donnait des noms du ton le plus mignard :
J'étais, ou sa colombe, ou son petit canard.

CHRÉMYLE.

Mon canard, disait-il, j'ai besoin de chaussure.

LA VIEILLE.

Un jour, c'était la fête, et j'allais en voiture
Au Saint Temple ; un passant s'avança pour me voir,
Et lui, pour m'en punir, me battit jusqu'au soir,
Tant il était jaloux, cet amant adorable!

CHRÉMYLE.

Jaloux de n'avoir pas de rival à ta table.

LA VIEILLE.

Il disait qu'il trouvait mes mains d'une beauté
Que rien ne surpassait.

CHRÉMYLE.

Il n'est pas dégoûté !
Des mains qui lui comptaient les écus par vingtaines !

LA VIEILLE.

Que mon corps exhalait les plus douces haleines...

CHRÉMYLE.

Oui, quand tu lui versais le thasos odorant.

LA VIEILLE.

Que j'avais le regard doux, tendre, séduisant.

CHRÉMYLE.

Il n'est pas gauche, au moins, cet homme-là, ma chère ;
Il entendait son rôle, et savait la manière
De gruger comme il faut et sans qu'il y parût,
Tes soixante-dix ans qui se mettaient en rut. (1)

LA VIEILLE.

Ainsi, la faute en est au dieu de la richesse.
Voilà donc comme il tient sa fameuse promesse
De ramener enfin la justice en tous lieux ?

CHRÉMYLE.

Allons, que te faut-il ? Dis-nous ce que tu veux,
Tu l'auras.

LA VIEILLE.

Il me faut, et je veux, c'est justice,
Que chaque sacrifice obtienne un sacrifice.
Il faut que l'on me rende, après ce que j'ai fait,
Tendresse pour tendresse, et bienfait pour bienfait.
Non, Plutus ne doit pas enrichir un parjure.

1. Voir les notes à la fin.

CHRÉMYLE.

Parjure? il te payait chaque nuit en nature!

LA VIEILLE.

L'ingrat! il me jurait de ne me quitter pas
De ma vie.

CHRÉMYLE.

A ta mine, il te croit au trépas :
Je l'absous.

LA VIEILLE.

C'est la peine, hélas! qui m'a flétrie!

CHRÉMYLE.

Flétrie? En vérité, tu veux dire pourrie.

LA VIEILLE.

Je pourrais maintenant passer par un anneau.

CHRÉMYLE.

Oui, vraiment, s'il avait la grosseur d'un tonneau.

LA VIEILLE.

Mais voici mon ingrat qui par ici s'avance.
Me trompé-je? on dirait qu'il va faire bombance.

CHRÉMYLE.

En effet, ce n'est pas, je pense, sans dessein,
Qu'il a les fleurs au front et la torche à la main.

SCÈNE XVI.

UN JEUNE HOMME, Les Mêmes.

LE JEUNE HOMME.

Tiens! bonjour, la vieille.

LA VIEILLE.

Hein?

LE JEUNE HOMME.

Tudieu! ma toute chère!
Tes cheveux ont blanchi de la belle manière!

LA VIEILLE.

Quel abord, juste ciel! quels propos insultants!

CHRÉMYLE.

Il ne t'a donc pas vue au moins depuis cent ans?

LA VIEILLE.

Hélas! hier encor nous soupâmes ensemble.

CHRÉMYLE.

Alors, il a le vin singulier, ce me semble;
Un homme ivre voit trouble, a le regard épais,
Et ce garçon a l'œil plus perçant que jamais.

LA VIEILLE.

Ah! tout ce qu'il en fait c'est par libertinage.

LE JEUNE HOMME.

Vieux souverain des mers, et dieu du radotage,
Les rides à présent se disputent sa peau.

LA VIEILLE.

Ne viens pas sous le nez me mettre ton flambeau!

CHRÉMYLE.

Eh! prends garde, en effet, car la moindre flammèche
Pourrait bien l'allumer comme une branche sèche.

LE JEUNE HOMME.

Faisons une partie.

LA VIEILLE.

Où? gros vilain.

LE JEUNE HOMME.

Ici.
Prends des noix dans ta main.

LA VIEILLE.

Quel est donc ce jeu-ci?

LE JEUNE HOMME.

Je veux savoir combien de dents a ta mâchoire.
Commençons.

CHRÉMYLE.

Par le ciel! est-ce la mer à boire?
Il tiendrait tout au plus quatre noix là-dedans;
Oui, quatre, à la rigueur. Va donc pour quatre dents.

LE JEUNE HOMME.

Victoire! elle n'a plus en tout qu'une molaire!

LA VIEILLE.

Malheureux! es-tu fou? que prétends-tu donc faire?
Tu me laves la tête en plein jour.

LE JEUNE HOMME.

Pourquoi pas?
Plût au ciel qu'on te vînt laver de haut en bas.

CHRÉMYLE.

Pas du tout, s'il te plaît; car si je ne m'abuse,
Ce lavage pourrait ôter fard et céruse,
Et tu verrais à nu son visage éraillé.

LA VIEILLE.

Tais-toi, pauvre vieillard, car tu me fais pitié.

LE JEUNE HOMME.

Que vois-je? Juste ciel! quelle scélératesse!
Où fourre-t-il la main? voilà qu'il te caresse.
Ah çà, mais il croit donc que je ne vois pas tout?

LA VIEILLE.

O l'infâme plaisant!

CHRÉMYLE.

Ah! crois-moi meilleur goût.

Mais allons, mon ami, tu me fais de la peine
Quand je te vois ainsi l'accabler de ta haine.

LE JEUNE HOMME.

Comment ! mais j'en raffole !

CHRÉMYLE.

Eh bien ! vois, cependant
Elle t'accuse.

LE JEUNE HOMME.

Moi ?

CHRÉMYLE.

Toi-même. Elle prétend
Que tu lui dis ce mot qui l'insulte à son âge :
« Milet dans l'ancien temps signala son courage. »

LE JEUNE HOMME.

Tiens, ne bataillons pas, prends-la.

CHRÉMYLE.

Comment ?

LE JEUNE HOMME.

Je veux,
Respectable vieillard, vous unir tous les deux.
Je ne puis faire mieux ; c'est dit, je te la donne,
Va presser dans tes bras la charmante personne.

CHRÉMYLE.

J'entends : tu n'en veux plus ; tu veux me la passer ;
Tu m'offres ton rebut pour t'en débarrasser.

LA VIEILLE.

Va-t-on m'abandonner ? Hélas ! je suis perdue.

LE JEUNE HOMME.

Voilà bien dix mille ans qu'elle se prostitue.
Crois-tu pas qu'à présent je désire en tâter ?

CHRÉMYLE.

Tant pis pour toi, mon cher, elle doit te rester.
Quand on a bu le vin, il faut boire la lie.

LE JEUNE HOMME.

Et quelle lie encor ! elle est toute moisie.

CHRÉMYLE.

Tu prendras la passoire.

LE JEUNE HOMME.

Entrons plutôt, entrons.
Je vais offrir au Dieu ma couronne et mes dons.

LA VIEILLE.

Et moi, je vais aussi lui dire quelque chose.

LE JEUNE HOMME.

Alors, je n'entre plus.

CHRÉMYLE.

Pourquoi donc?

LE JEUNE HOMME, montrant la vieille.

Eh ! je n'ose.

CHRÉMYLE.

En as-tu peur?

LE JEUNE HOMME, se décidant.

Au fait!

LA VIEILLE.

Je te suis, va devant.

CHRÉMYLE, la regardant.

Par le ciel ! au rocher l'huître ne tient pas tant !

(Ils sortent.)

SCÈNE XVII.

CARION, PUIS MERCURE.

CARION.

On a frappé, je crois; qui cela peut-il être?
Tiens, personne n'est là? C'est la porte peut-être?
Elle aura crié seule.

MERCURE.

Hé, Carion, dis-moi.

CARION.

On a frappé la porte à grands coups, est-ce toi?

MERCURE.

Non, mais j'allais frapper quand tu me l'as ouverte.
Mais, allons, Carion, allons, mon brave, alerte!
Cours me chercher ton maître, et sa femme et ses fils,
Les esclaves, les chiens, la chatte et ses petits,
Le pourceau, Carion...

CARION.

Et qu'en veux-tu donc faire?

MERCURE.

Jupiter veut sur vous décharger sa colère,
Il veut vous écraser, et, dans un plat ad hoc,
Au fond du Barathrum vous jeter tout d'un bloc.

CARION.

On couperait la langue à messager semblable.
Et qu'avons-nous donc fait qui soit si condamnable?

MERCURE.

Ce que vous avez fait? vous avez, malheureux,
Vous avez des forfaits commis le plus affreux;

Car depuis que Plutus a recouvré la vue,
La demeure sacrée est de tout dépourvue;
Les lauriers, les gâteaux, les victimes, l'encens,
Sont partis depuis lors, et nous, Dieux tout puissants,
Nous voilà tous à jeun.

CARION.

On vous rend la pareille.
Vous avez assez fait jadis la sourde oreille.

MERCURE.

Traitez les autres Dieux aussi mal qu'il vous plaît;
Mais moi je dépéris, je me meurs.

CARION.

En effet.

MERCURE.

Car enfin, autrefois, j'obtenais dès l'aurore
Gâteaux, ragoûts, gigots, miels et vin que j'adore,
Et maintenant, Mercure à demi trépassé,
Faute de nourriture, est au repos forcé.

CARION.

Va, je ne te plains pas, il eût fallu naguères,
Lorsque l'on t'engraissait, mieux soigner nos affaires.

MERCURE.

Hélas! où sont-ils donc, ces gâteaux que j'aimais?

CARION.

Ils sont partis, hélas! et partis pour jamais.

MERCURE.

O gigots d'autrefois, succulente pâture!

CARION.

Va, gigotte (1) à présent en plein air, cher Mercure.

1. Voir les notes à la fin.

MERCURE.

O rognons!

CARION.

Je les crois malades, tes rognons.

MERCURE.

Flots mélangés aux vins, combien vous étiez bons!

CARION.

Tiens, avale, et va-t'en.

MERCURE.

Me rendrais-tu service,
Entre amis?

CARION.

Je veux bien, pour peu que je le puisse.

MERCURE.

Coupe-moi donc un peu de ce pain si bien cuit,
Et de ce bel agneau dont l'odeur me séduit.

CARION.

Non pas, c'est défendu!

MERCURE.

Défendu? Pourtant, traître,
Je cachais autrefois tes larcins à ton maître.

CARION.

C'était, perceur de murs, pour en avoir ta part.
Le coup fait, je t'offrais des gâteaux et du lard.

MERCURE.

Que tu mangeais tout seul.

CARION.

Oui, tout seul, camarade,
Parce que je gobais tout seul la bastonnade.

MERCURE.

Voyons, capitulons, plus de brouille entre nous,

Offre-moi, je te prie, un logement chez vous.

CARION.

Quoi, tu voudrais quitter le ciel pour ma demeure?

MERCURE.

Pourquoi pas, puisqu'ici votre vie est meilleure?

CARION.

Ta patrie est ailleurs, la quitter est honteux.

MERCURE.

La patrie est partout où l'on se trouve heureux.

CARION.

Et quel emploi veux-tu dans la maison?

MERCURE.

N'importe.

Je suis le dieu des gonds, confiez-moi la porte.

CARION.

Va faire ailleurs tes tours, s'il te plaît, dieu des gonds.

MERCURE.

Je suis dieu du commerce.

CARION.

Eh! dans l'or nous nageons :

Quel besoin avons-nous de nourrir un Mercure

Qui ne rêve qu'achats, que ventes et qu'usure?

MERCURE.

Je suis dieu de l'intrigue.

CARION.

Eh quoi! prétendrais-tu

Qu'on suive encor l'intrigue et non pas la vertu?

MERCURE.

Je suis dieu des chemins, je pourrai vous conduire.

CARION.

Plutus voit à présent, il saura nous suffire.

MERCURE.

Ah! j'y suis maintenant, j'ai trouvé mon emploi :
Je suis le dieu des jeux, tu voudras bien de moi?
Plutus doit en donner, lui, dieu de la richesse,
Et va donc, je préside aux fêtes de la Grèce!

CARION.

Ce que c'est cependant que d'avoir plus d'un nom!
Ce dernier l'a sauvé ; nos juges ont raison :
Quand ils livrent au sort des lettres innombrables,
Les chances d'être élus deviennent favorables (1).

MERCURE.

Ainsi je suis admis?

CARION.

Oui, va vite au lavoir ;
Tu peux à l'instant même y montrer ton savoir,
Tu trouveras à faire. Et sois prompt. Allons, file.

SCÈNE XVIII.

UN PRÊTRE, CARION, CHRÉMYLE, Le Choeur.

LE PRÊTRE.

Qui pourrait m'enseigner où demeure Chrémyle?

CHRÉMYLE.

Le voilà. Qu'a-t-il fait?

LE PRÊTRE.

Un exécrable tour ;
Car, depuis que Plutus a recouvré le jour,
Je n'ai plus à manger ; il faut que je périsse,

(1) Voir les notes à la fin.

Moi, grand prêtre du Dieu salutaire et propice!

CHRÉMYLE.

Et pourquoi? juste ciel! c'est me terrifier.

LE PRÊTRE.

Personne maintenant ne veut sacrifier.

CHRÉMYLE.

La cause?

LE PRÊTRE.

L'or abonde, il n'est point d'autre cause.
L'homme dépourvu d'or ne savait qu'une chose :
Immoler à ses Dieux. Échappé de la mer,
Le marchand immolait un bœuf à Jupiter ;
Un autre, qu'absolvait le tribunal d'Athène,
Immolait à son tour une génisse pleine;
Enfin, pour obtenir le bonheur qu'on voulait,
A toute heure du jour partout on immolait;
Et le prêtre en était!... Maintenant, plus personne :
Gâteaux, ragoûts, rôtis, miels, tout nous abandonne.
La foule arrive ici pour des besoins honteux,
Et pour des lieux publics ils prennent les saints lieux!
Que Jupiter Sauveur s'en tire et s'en dépêtre!
Je m'établis chez vous.

CHRÉMYLE.

Et tu fais bien, grand prêtre.
Tout ira bien pour toi, si Plutus y consent.
Quant à ton Jupiter, il est là qui t'attend.

LE PRÊTRE.

C'est au mieux.

CHRÉMYLE.

Qu'à l'instant le dieu de la richesse,
Soit établi gardien des biens de la Déesse :

Jupiter ne l'est plus. Allons, vite un flambeau ;
Viens, prêtre, nous devons fêter un jour si beau,
Viens, conduis le cortége.

LE PRÊTRE.

Oui, oui, c'est mon affaire.

CHRÉMYLE.

Qu'on appelle Plutus.

SCÈNE XIX ET DERNIÈRE.

LA VIEILLE, en habits de noce; LES MÊMES.

LA VIEILLE.

Et moi, que vais-je faire?

CHRÉMYLE.

Tu viendras avec nous. Prends ce plat, prends ce pot,
Place tout sur ta tête, et marche comme il faut.
Aussi bien te voilà dans ta grande tenue.

LA VIEILLE.

Mais te rappelles-tu l'objet de ma venue?

CHRÉMYLE.

Oui, j'ai parlé pour toi; je puis te garantir
Que chez toi ton amant va bientôt revenir.

LA VIEILLE.

Vraiment? tu m'en réponds! Oh! dès lors, je suis prête.
Mettez-moi, mettez-moi tous ces pots sur la tête.

CARION.

Cette vieille m'amuse : on n'a pas vu souvent
L'écume sous le pot; l'y voilà maintenant.

LE CHŒUR.

Et nous, partons aussi : que nos chants d'allégresse
Célèbrent à jamais le bonheur de la Grèce!

(Ils se mettent en marche.)

FIN DU PLUTUS.

NOTES.

PAGE 16.

D'abord tu ne peux pas toucher à ma personne :
J'ai la couronne au front.

Ceux qui revenaient du temple se couronnaient de laurier, et étaient dès lors inviolables, comme l'indique le ton décidé de Carion.

PAGE 17.

Et qu'annonça Phébus du sein de ses guirlandes?

Le trépied du Dieu était au fond du temple, entouré de couronnes et de guirlandes. Ce vers d'ailleurs est parodié d'Euripide.

PAGE 21.

Jupiter, qui hait l'homme et qui lui porte envie.

Voilà comme on parlait de Jupiter, du Dieu souverain! Et de telles impiétés, tantôt froides et raisonnées, tantôt bouffonnes, remplissent cette scène, les suivantes, toute la pièce.

PAGE 23

Vaudront-ils une obole?

Lisez : Ne vaudront pas deux sous — et vous aurez l'équivalent exact du grec.

PAGE 25.

Trouve la · ouverte, etc.
Chez les jeunes garçons, etc.

Ai-je besoin d'avertir le lecteur que je n'ai jamais chargé les détails de ce genre, pas plus que je n'ai cherché à les affaiblir? C'est le style d'Aristophane, et mon premier devoir était de le reproduire; ce sont les mœurs de la Grèce, et je n'avais ni le droit ni le pouvoir de les cacher.

PAGE 27.

Et qui fait assembler les citoyens?

Tout citoyen assistant à l'assemblée recevait trois oboles (45 centimes de notre monnaie). On conçoit dès lors que ce peuple léger, paresseux, ergoteur et vivant de peu, manquait rarement les séances.

Et qui fait équiper les vaisseaux?

Les riches étaient chargés de l'armement des flottes; c'était la loi.

Pamphile, Bélonopolès. Dilapidateurs du temps.

Agyrrhis. Richard assez grossier, comme on voit.

Laïs. C'est la fameuse courtisane.

Mettez des noms modernes à la place de tous ces noms anciens;

certains diplomates, financiers, poëtes, ou actrices bien connues, à la place de ces personnages, et voyez quel feu roulant d'épigrammes!

PAGE 28.

Du navet.

Le grec dit « lentilles. »

PAGE 30.

Je demande
Qu'on vienne me chercher ce plat chargé de viande.

Celui qui offrait un sacrifice gardait sa part de la victime qu'il immolait. Carion portait celle de son maître. Qu'il devait être réjouissant quand il se démenait et pérorait en clerc avec un énorme plat dans les mains!

PAGE 32.

Le Chœur.

C'est-à-dire le chef du chœur. Il parlait tantôt en son nom et tantôt au nom de ses compagnons. Il faut songer que c'est du chant de ces chœurs que naquit le théâtre grec, pour comprendre l'intérêt que devait avoir pour les anciens la présence de ce personnage représentant le peuple et ses premières fêtes.

PAGE 33.

Ton urne est préparée,
Caron te tend déjà ton numéro d'entrée.

Allusion à un usage pratiqué dans les tribunaux. Le citoyen qui devait être juge recevait de la main du héraut un insigne, bâton ou jeton, qu'il n'avait qu'à montrer le soir pour recevoir son salaire. Carion substitue le jeton mortuaire au jeton des tribunaux, Caron, le nocher des enfers, au héraut; bref, il envoie le chœur siéger dans les demeures sombres du Styx : ce qui était du meilleur comique devant un peuple si bien initié au barreau et à la mythologie.

PAGE 34.

Tous, aux oreilles près, vous serez des Midas.

On se rappelle Midas, ce roi renommé pour ses richesses et sa stupidité, ce roi sous la main duquel tout se convertissait en or, et dont les oreilles avaient pris la dimension des oreilles de l'âne.

Threttanelo.

« Mot formé par onomatopée, pour exprimer le son de la lyre. Ainsi Figaro, dans *le Barbier de Séville* : « Avec le dos de la main, from, from, from. » (Boissonade.)

PAGE 35.

Il y a encore deux couplets : je demande grâce au lecteur, ils dépassent tout ce que l'on peut imaginer de plus grossier et de plus ordurier. Il m'eût fallu chercher des équivalents dans tel ou tel manuel des poissardes.

PAGE 36.

Quand pour un triobole.

Voir la note plus haut.

J'ai vu tous les barbiers…

C'était l'usage de se réunir chez les barbiers pour y causer.

Cette habitude existait en France aussi du temps de Molière, comme l'atteste le fauteuil de Pézenas; je crois même qu'elle s'est conservée dans les campagnes et parmi le peuple : c'est encore chez le barbier que les braves gens des petits quartiers jasent du voisin et font de la politique, les joues barbouillées de savon et la serviette au cou.

PAGE 39.

Va servir de pendant aux piteux Suppliants.

On voyait au Portique un tableau de Pamphile, peintre célèbre, qui représentait les Héraclides implorant le secours des Athéniens contre Eurysthée.

PAGE 42.

Mais le moyen qu'ici maintenant j'en rencontre?

Il paraîtrait que les malades payaient si peu les médecins, que ceux-ci renonçaient à exercer.

Je vais mener Plutus au temple d'Esculape.

Les malades allaient passer une nuit dans le temple du dieu de la médecine. On pensait qu'il venait les guérir pendant leur sommeil. Nous verrons plus bas, scène IX, le long récit d'une visite de ce genre.

PAGE 49.

Ces chers Thessaliens.

Les Thessaliens, comme on voit, étaient les Hollandais, les Anglais du temps pour le commerce.

PAGE 50.

Le pauvre a les brûlures.

Les bains chauds servaient de chauffoirs publics pour les pauvres pendant l'hiver.

PAGE 54.

Hécate, si tu veux, etc.

Hécate était la déesse des carrefours; à chaque nouvelle lune, les riches lui offraient un repas en forme de sacrifice. Les plats étaient abandonnés dans la rue, et les pauvres s'en emparaient. Hécate passait pour les avoir mangés.

Ville d'Argos!

Cri tragique parodié d'Euripide.

PAGE 55.

Banquets théséens.

Fêtes instituées en l'honneur de Thésée. Dans le festin qui se faisait ce jour-là, la table des vieillards et des pauvres était mal servie.

PAGE 56.

Fils digne de ton père, etc.

Esculape, comme on sait, était fils d'Apollon.

PAGE 57.

Sur ta tète, ils sont grands.
Laisse ma tète en paix.

Il y a aussi le jeu de mots dans le texte; Carion dit : « Je vais « tout te conter des pieds à la tête. » *A la tête* pouvait passer en grec pour une imprécation, c'est pourquoi la femme se récrie. Le mot grec ne pouvait avoir de sens en français, j'ai dû le remplacer par un équivalent.

PAGE 58.

Certain plat de bouillie.

C'était l'offrande de la vieille.

PAGE 62.

Et le sol sous les pas au loin retentissait.

Vers parodié d'Homère.

PAGE 64.

C'est tout au plus le fait des stupides auteurs, etc.

Ceux qui étaient chargés des représentations comiques, c'est-à-dire les chefs de troupe ou régisseurs, faisaient volontiers des distributions de vivres. De tels intermèdes avaient lieu au milieu des bousculades et des éclats de rire de la foule, et assuraient le succès de plus d'une pièce.

PAGE 65.

Et nous permettre l'ail pour certaines fredaines...

Seconde et dernière ordure que j'ai épargnée au lecteur; ici, comme plus haut, le *Merdiana* seul était à consulter.

PAGE 67.

C'est avec ce manteau qu'à la Bonne Déesse.

Si l'on veut sentir la plaisanterie, il faut s'imaginer que Chrémyle demande à cet homme si c'est là son habit *de première communion*.

PAGE 68.

Le Délateur.

Son nom, dans l'antiquité, était Sycophante. Cette espèce d'hommes était la plaie de la Grèce. Ils dénonçaient, accusaient, calomniaient, poursuivaient à outrance tous les citoyens, quels qu'ils fussent. On trouverait aisément en France aujourd'hui des journalistes qui n'ont pas d'autre métier, et qui ne vivent que de mensonges, de médisances et de diffamations.

PAGE 70.

Toi, comme le témoin qui te sert de compère.

Le délateur ne marchait jamais sans son témoin.

PAGE 71.

Es-tu marchand? — Certes, oui, quand j'ai besoin.

Les marchands seuls étaient exempts du service militaire. On conçoit dès lors que le délateur se faisait marchand quand une guerre était déclarée.

PAGE 73.

Battus.

Fondateur de Cyrène, en Afrique. Il y a dans le grec silphion de Battus. Le silphion était une plante précieuse dont Cyrène faisait un grand commerce.

Eh bien! c'est mon affaire.

Carion retourne plaisamment les vers du délateur.

PAGE 75.

Bonne pièce.

L'expression est grecque : «homme frappé au mauvais coin,» dit le texte. Nos expressions les plus françaises sont souvent aussi les plus grecques. Henry Étienne a composé, pour le prouver, un petit traité qui le démontre de la façon la plus intéressante et la plus positive.

La vieille.

Voici la seconde femme de la pièce : quel rôle! quelle dégradation! Aristophane, Euripide, ne traitent pas les femmes autrement. Sophocle seul les peint quelquefois sous des traits charmants. Qu'on songe à l'effet que produiraient chez nous les rôles de ce genre, et qu'on juge par là de la différence des temps et des mœurs.

PAGE 83.

Quelle scène! C'est après une lecture pareille qu'un admirateur passionné des Grecs s'écriait : « Quelle canaille que ces gens-« là ; mais qu'ils avaient d'esprit! »

PAGE 86.

Va, gigotte à présent.

Le calembour est dans le grec, qu'on ne s'y trompe pas.

PAGE 87.

Tiens, avale, et va-t'en.

Il paraîtrait qu'ici Carion lâchait un vent au nez de Mercure.

PAGE 88.

Je suis le dieu des gonds, etc., etc.

Mercure passe en revue tous ses titres : les commentaires sont inutiles.

PAGE 89.

Nos juges ont raison, etc.

On tirait au sort le nom des juges qui devaient siéger dans les tribunaux civils : beaucoup de citoyens mettaient plusieurs fois leur nom dans l'urne, afin d'assurer leur élection.

Oui, va vite au lavoir.

Voilà Mercure envoyé à la cuisine! Nous avons vu déjà comment Jupiter était traité : voilà la piété antique, j'allais dire de tous les temps. Insultez les Dieux, et vous serez absous; les prêtres, et vous serez poursuivis comme Socrate.

PAGE 90.

Et le prêtre en était!

Je n'ai pas voulu indiquer au lecteur les réflexions, les rapprochements à faire à chaque scène, à chaque vers de cette comédie : je lui ai laissé ce plaisir. Que j'en aurais fait pourtant! quelle étude profonde des hommes de tous les temps, de tous les pays, de tous les gouvernements, de toutes les religions, en un mot, de l'humanité, toujours la même depuis le jour où elle a vécu, senti, agi pour la première fois.

FIN DES NOTES.

A LA MÊME LIBRAIRIE.

LUCRÈCE, tragédie en 5 actes, par Ponsard; couronnée par l'Académie. In-18.......... 2 fr.

AGNÈS DE MÉRANIE, tragédie en 5 actes, par Ponsard. In-8°.................. 4 fr.

In-18......................... 2 fr.

LA CIGUË, comédie en vers, par Émile Augier In-18......................... 1 fr. 50

UN HOMME DE BIEN, comédie en vers, par E. Augier. In-18.................. 1 fr. 50

LA CHASSE AUX FRIPONS, comédie en vers, par C. Doucet. In-18................ 1 fr. 50

LE COMTE D'EGMONT, tragédie en 3 actes, par A. Senty. In-18.................. 2 fr.

FRANÇOISE DE RIMINI, tragédie, par Chr. Ostrowski. In-18................. 1 fr. 50

L'OMBRE DE MOLIÈRE, intermède, par P.-J. Barbier. In-18...................... 75 c.

UN POÈTE, drame en 5 actes, en vers, par P.-J. Barbier. In-18...................... 2 fr.

Paris. — Imprimerie J. Claye et Ce, rue Saint-Benoît, 7.

www.ingramcontent.com/pod-product-compliance
Ingram Content Group UK Ltd.
Pitfield, Milton Keynes, MK11 3LW, UK
UKHW020336180726
13839UKWH00002B/733